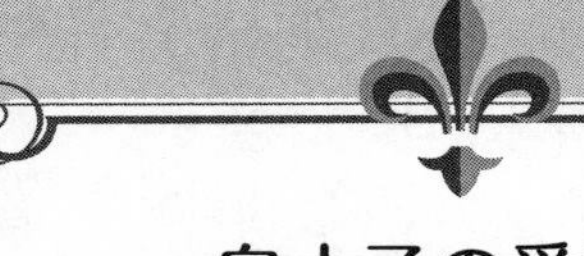

皇太子の愛妾は城を出る

小鳥遊郁

Kaoru Takanashi

レジーナ文庫

登場人物紹介
ダリー
カスリーンが幼い頃から夢で会っていた青年。愛妾になって以来、夢に出てこなくなっていたのに最近、また現れて——？
ユーリ
オルマーン帝国の皇太子。二年前の舞踏会で、カスリーンに一目惚れした。身分などの事情により彼女を愛妾として迎える。
カスリーン
ヴィッツレーベン男爵家の令嬢。ユーリの愛妾として城に来てから、侍女にいじめられる日々を送ってきた。ある日、彼が正妃を迎えると決まり、城を出ることに。

デボラ
マクレーン侯爵家の令嬢。
ユーリの従弟の婚約者だったが
訳あって婚約を解消し……
カテリーナ
オズバーン侯爵家の
令嬢でユーリの
正妃候補。
バニー
カスリーン専属の
侍女。無愛想な
ところがある。
ジュート
帝都の城下街で
働く優秀な医術師。
パック
カスリーンが旅の途中で
出会った冒険者の少年。
明るい性格でしっかり者。

目次

皇太子の愛妾は城を出る

序章

夢を見ていた。その夢は、いつもと違って真っ暗だった。暗闇は嫌いなのに、なぜかここは怖くない。

わたしはカスリーン・ヴィッツレーベン、五歳。男爵家の娘だ。

今夜はいつも通り自分の部屋で眠ったはずなのに、いつの間にかここにいた。だからきっと夢だと思うのだけど、今まで見てきた夢とはちょっぴり違う気がする。

暗すぎて何もわからないから、勇気を振り絞って声を出してみた。

「ねえ、誰かいるの？」

すると、暗闇の中に、座っている子供が浮かび上がってくる。

子供と言っても、五歳のわたしよりずっと大きい。十歳くらいかな。とても可愛い顔の子だ。

その子はわたしに気がついて、真ん丸の目で見つめてきた。

「君、誰？」

その子は戸惑ったような顔でわたしを見つめている。突然声をかけたから驚いているみたい。

「わたしの名前はカスリーンって言うの。……これって、わたしの夢だよね？」

「夢？　カスリーンは夢を見ていて、ここに来たの？」

その子は不思議そうに聞いてきた。『ここに来た』とはどういう意味だろう。なんだか妙な言い方だ。気になったけれど、それよりも、わたしはその子の姿に目を奪われてしまう。

その子の髪と瞳は、どちらも黒色。黒い髪も黒い目も、はじめて見た。

わたしは黒髪の子に興味が湧いて、聞いてみる。

「ねえ、あなたはなんて名前なの？」

その子は首を横に振るばかりで、名前を教えてくれない。

「名前がないと、呼ぶこともできなくて困るわ。教えてくれないのなら……わたしが名前をつけてあげる。わたしには弟がいてね。弟が生まれる前に、女の子だったときのために考えてた名前があったんだけど、男の子だったから使ってくれなかったのよ。メアリーっていうの。可愛くていい名前でしょ」

黒髪の子は、わたしの言葉にビックリしたみたい。慌てたように、首をブンブンと横に振った。

「メアリーじゃダメなの？」

「私は女じゃないよ。男だ！」

その言葉に、今度はわたしがビックリする。

とても可愛らしい顔だから、女の子だとばかり思っていた。

「えっ、男の子だったの？　ごめんなさい。でも男の子の名前は思いつかないわ。女の子の名前だったらたくさん知っているんだけど……どうしようかなぁ。リリーにクレアにマール……そうだ、マールなら男の子の名前でもよくないかしら」

「……ダリーだ。ダリーって呼んでくれていい」

ダリーと名乗った少年は、とても不機嫌そうだ。

その名前が本当の名前なのかはわからない。ともあれ、夢の中で会った彼のことを、わたしはダリーと呼ぶことになった。

その日から、わたしの夢には時々、ダリーが現れた。彼が出てくる夢はどんな夢よりもずっと鮮明で、忘れることがない。

ダリーに会えると、わたしはいつもたくさんお喋(しゃべ)りをした。その一方で、ダリーはなぜかあまり自分のことを話したがらない。

でも、彼が唯一話してくれたことがある。それは、ダリーにわたし以外の友達がいること。

ある日、彼はぽつりとそう話したのだ。

その話に、わたしは驚いた。彼はわたしの夢の中の人だから、わたし以外とは会えないと思い込んでいた。

そして同時に、がっかりする。わたしは父様の言いつけであまり外に出られないせいで、友達がいない。わたしにとってダリーははじめての友達だったのに、彼の方は違ったようだ。

「一番の友達のことを親友って言うんだ。私には親友がいる」

あまり自分のことを話したがらないダリーが、胸を張ってそう主張する。彼の言葉に、わたしは胸がモヤモヤした。

それで、つい責めるような口調で聞いてしまう。

「でもその人はどこにいるの？　ダリーはいつもひとりぼっちじゃない」

「そ、それは仕方がないんだ。ここへは、誰も来られないんだから。なんでか君は来ているけど、普通の人はここへ来られないんだよ」

そう答えたダリーは、今にも泣きそうな顔だ。

彼の言う『ここ』はわたしの夢だと思うのだけど、なんだか違和感がある。気になったものの、彼があんまり悲しげな顔をするから、それについて聞くことはできなかった。


そしてダリーと出会って七年が経った頃。わたしはひどく落ち込んだことがあった。

この国では、一定の魔力を持つ子供は、その制御を学ぶためにヴィライジ学院という学舎（まなびや）に通うことになっている。わたしも魔力を持っているから、通えると思っていたのに、父様が駄目だと言い出したのだ。

その頃、わたしにもスーザンという友達ができていて、彼女は学院に通うことになっていた。友達と一緒に学院に通えないなんて、とわたしが泣いたとき、ダリーは「私も魔力があるけれど通えない。カスリーンと一緒だよ」と慰（なぐさ）めてくれた。

ダリーに慰（なぐさ）めてもらうと、モヤモヤがすっと消え去るから、不思議だ。その後、家庭教師に魔術を習いはじめたわたしに、ダリーはアドバイスをくれたりもした。

彼と過ごす夢の時間が、わたしは大好きだった。


けれど、思春期を過ぎたあたりから、ダリーの夢を見る回数が減っていった。久しぶりに会うと、そのたびに彼は成長していた。わたしも同じように成長しているけど、ダリーの背を越えることはできなかった。

わたしははじめ、彼は夢の中だけの架空の存在なのだと思っていた。でもたくさんの物語を読んで、そういう存在は成長しないものじゃないかと疑問を抱くようになった。

もしかしたら、ダリーは実在しているのかもしれない。そうであれば、姓があるはずだ。そう思って何度か聞いてみたが、ダリーは頑なに教えてくれなかった。

そして、わたしが十七歳になったある日。

デビュタントで帝都の夜会に出席したときに、この帝国の皇太子であるユーリ・アルミナ・オムラーン殿下と出会った。彼は光り輝く金髪に、青色の瞳を持つ青年で、二十四歳だった。

黒髪に黒い瞳のダリーとはまったく違うのに、なぜか似ていると思った。一瞬、ダリーの本来の姿がユーリ殿下なのかもしれない、と勘繰ったほどだ。

とはいえ、話してみると、ダリーとは別人だとすぐにわかった。

それでもわたしは、ユーリ殿下に惹かれてしまう。彼もなぜかわたしを好ましく思ってくれたみたいで、会ったばかりなのにプロポーズをされた。

浮かれてその場で承諾の返事をしてしまったくらいに、ユーリ殿下は魅力的な人だ。

もちろん、わたしはユーリ殿下の妃にふさわしくないのではないか、という不安はあった。あまりにも身分が違いすぎるから、躊躇していたのだ。

だから——プロポーズの数日後、殿下が「君を妃にできなくなった。愛妾として城に来てほしい」と言ってきたとき、わたしは少しだけホッとした。

この国の皇族男性は、婚姻関係を結んだ正妃と側妃、そして婚姻関係にない愛妾を持つことが認められている。ユーリ殿下にはまだ妃がいない。身分の低いわたしを正妃にすることは難しい上に、正妃がいないのに側妃を持つのは外聞が悪く、できないのだろう。

いずれ彼が正妃を持てば、側妃にしてもらえるかもしれない。今はまだ妃として至らないわたしでも、そのときが来るまで愛妾として努力すればいい。

そう思って、わたしは家族の反対を押し切り、愛妾になることを承諾したのだった。

愛妾になると決めた日、ダリーが夢に出てきた。

わたしが皇太子の愛妾になると話すと、彼はびっくりした顔をする。そして何か言いたそうな目で見てきたけど、ダリーは結局、何も言ってくれなかった。

最後にダリーに会ったのは、わたしが殿下の愛妾（あいしょう）として城に行く前の日だ。

「ダリーはおめでとうって言ってくれないのね」

わたしの言葉にダリーは俯（うつむ）いた。

「言えないよ」

「そうだよね。妃（きさき）ではないもの……言えないわよね」

「そういうことじゃなくて……いや、もういいんだ。私は結局、何もできないのだから。遠くから君の幸せを祈っているよ。殿下は優しい方だと聞いている。きっと幸せになれるよ」

　少しだけ寂しそうな顔で言うダリー。それがまるで最後の言葉のように感じられて、わたしは戸惑った。

「ダリー、なんだかもう会えないみたいな言い方しないで。これからも会えるでしょう？」

　ダリーは返事をしなかった。ただ微笑んでいただけだ。

　その日を境（さかい）に、ダリーは夢に出てこなくなったのだった。

　ダリーに会えないまま、二年の月日が流れた。ダリーは、わたしが愛妾（あいしょう）になってから一度も夢の中に現れていない。

それなのに今日、なぜかダリーが——出会った頃と同じ子供の姿のダリーが、夢の中に現れた。

彼は二年前までと違って、大きなベッドに寝ている。それに、夢の中は暗闇ではなかった。とても豪華な部屋だ。ベッドも今まで見たことがないほど素敵なつくりをしている。

ここはどこなの？

ベッドに眠るダリーの顔が、病的なほど青白く見えるのは、気のせいだろうか。

もしかして、ダリーは病気なの？

わたしに治せないかな。わたしは治癒（ちゆ）魔術が使えるようになっていた。

この国では、皇族など高位の貴族になるほど強い魔力を持って生まれる。わたしは男爵令嬢だからそこまで力はないし、なにより制御が下手（へた）だ。けれど、治癒（ちゆ）魔術は比較的得意だった。やってみる価値はある。

彼に手を伸ばしてみると、すり抜けてしまう。何度試しても、彼に触れることはできなかった。わたしは諦めて、室内を歩いてみることにした。

ここがどこかわかるかもしれないと思ったからだ。

あまりにも立派なつくりの部屋だから、皇宮の中かもしれない。皇太子のユーリ殿下に聞いたら、この部屋についてわかるだろうか。

そう思いながら窓の外を覗(のぞ)くと、見渡す限り森が広がっていた。どうやらここは、帝都ですらないようだった。当然、皇宮ではないだろう。

そこでふと気づいた。ダリーは黒髪だ。

城に黒髪の少年がいるはずがない。昔、皇帝が魔女狩りを指示したせいで、この国では黒髪が敬遠されているのだ。魔女には、黒い髪の者が多かったという。そのため、魔女狩りでは、魔女だという確証が得られない者も、黒い髪であるだけで処刑されることが多くあった。以来この国には、黒い髪をした者は少なくなったらしい。

もしかしたら、ダリーは他国の貴族なのかもしれない。

わたしは何かヒントになるものはないか、必死に探す。なぜか、早く探さなければダリーが死んでしまうような気がしたから。

ベッドの横にあるテーブルの上に、作りかけの刺繍(ししゅう)が無造作に置かれている。

これってもしかして紋章？　よく見えないけど、その刺繍(ししゅう)は貴族が家ごとに持つ紋章に似ている気がした。

わたしはそれを見るために手を伸ばした。しかし、この身体では掴むことができない。

そのとき、何かに服を引っ張られた。

あっ、誰かが呼んでる……

夢が覚めてしまうときの感覚に襲われる。目覚めたくないと必死で念じたけれど、無駄だ。

だんだんダリーが見えなくなり、わたしは目を覚ましてしまったのだった。

第一章

「カスリーン様、起きてください。アレクシス陛下がいらっしゃっています」

侍女のバニーに揺さぶられて、わたしは目を覚ました。ダリーの姿はどこにもない。

「カスリーン様、急いでください。陛下をお待たせしています」

バニーの声で我に返る。陛下というのは、ここオムラーン帝国の皇帝であるアレクシス・アルミナ・オムラーン陛下のことだろう。

陛下がわたしに会いに来るなんて、はじめてのことだ。皇太子殿下——ユーリ殿下に何かあったのだろうか。

慌てて起き上がり、服を着替える。バニーはお茶の用意をしなければと出ていったので、髪も自分で梳かすしかなかった。

身支度を整えている間にも、さっき見た夢のダリーのことが気にかかっていた。頭を切り替えないといけないのに、なかなかできない。

これ以上陛下を待たせれば、ユーリ殿下の恥になってしまう。わたしは大きくかぶりを振って寝室を後にした。

「突然すまない。急に時間が空いてね。ちょうど君と話したいことがあったから、来てしまったんだ」

オムラーン陛下が待つ部屋に行き彼の向かいに座ると、彼は話しはじめた。

陛下とお会いするのは二年ぶり。愛妾として紹介されて以来だ。陛下の訪れに驚いたのはわたしだけではないだろう。

彼の訪問を受けたバニーは、とてつもなく驚いたはず。それに、バニーから話を聞いただろう侍女長も。

わたしに与えられたこの家は、城を取り囲む壁の中にあるものの、皇帝陛下が住まう皇宮からは離れている。いわゆる下級貴族や商人が出入りする区域にあるのだ。皇帝陛下がこのようなところへわざわざおいでになることは、滅多にない。

「お気になさらないでください。わたしの方こそ、このような格好で申し訳ございません」

陛下の御前に出るには、ふさわしくない姿になってしまった。謁見用の上等なドレスなど持っていないし、わたし付きの侍女はバニー一人だけ。その彼女はお茶を用意するために出ていってしまったのだから、仕方ないことだった。

そのとき、バニーが慌てた様子で入ってくる。彼女がお茶を淹(い)れて退室すると、陛下は口を開いた。

「あれの結婚が決まりそうだ」

〝あれ〟というのは、ユーリ殿下のことだろう。

陛下の言葉に、わたしはビクッと震えた。いつかこの日が来ることはわかっていた。

これは仕方のないことなのだ。

ユーリ殿下がわたし以外の人と結婚すると思うと切ない。しかしわたしにできることは、彼の幸せを祝福することだけだ。

それに、これで今の中途半端な立場から、前に進むことができるのではないか。ユーリ殿下の正妃が決まれば、わたしも愛妾(あいしょう)ではなく側妃になれるかもしれない。

わたしは田舎の男爵家の娘。正妃になれるような身分ではない。しかし、過去に男爵家から皇室に側妃として迎えられた人がいると聞いたことがある。

側妃にしてもらえたら、公務に携(たずさ)われたり、もっとそばで彼を支えたりできるだろう。

「わ、わかりました。おめでとうございます」

「うむ」

陛下はわたしをジッと見ている。まるで何かを見極めようとしているような瞳で、冷たささえ感じる。

　けれど本来、陛下はとても優しい人だ。小さい頃にお会いしたことがあって、そのときは『高い高い』をしてもらったり、笑いかけてもらったりした。

　陛下はわたしを見つめたまま、言葉を続けた。

「正妃になるのはオズバーン家のカテリーナ嬢だ。十六と若いが、愛妾がいても構わないと言っている。会うことはないと思うが、諍いなど起こさぬようにな。何かあった場合、罰せられるのはそなたの方になる」

　わたしは陛下の言葉に首を傾げる。側妃になれば、正妃と会う機会もあるのではないだろうか？

　そう尋ねようとしたとき、部屋のドアが開いた。

「父上」

　その声と共に現れたのは、ユーリ殿下だった。

　オムラーン陛下と皇后陛下の子供は、ユーリ殿下一人。オムラーン帝国の皇族は一夫多妻が認められているが、オムラーン陛下は皇后陛下を深く愛しており、彼女以外の妻を娶ることを拒んだという。

　陛下とユーリ殿下は、一目で親子だとわかるほどよく似ている。太陽の光のように輝く金髪に、皇族特有のサファイアに似た濃い青色の瞳。ユーリ殿下の方がいくぶんか背が高く、日に焼けて健康的な肌をしている。騎士団を率いて毎日のように訓練をしているためだろう。

「執務はどうした？」

陛下はジロリと息子を睨んだ。

「休憩時間です。父上がこちらに来ていると聞いたので、私もいた方がいいと思い、まいりました。彼女には父上の相手は務まりません」

わたしを庇ってくれているようだけれど、それはわたしの教養のなさを気にしてのことらしい。

「それほど彼女が大切か？」

「カスリーンは私を癒してくれる人です」

ユーリ殿下は、きっぱりと言ってくれる。

「それは正妃の仕事だ」

「わかっています。でもまだ正妃は決まっていませんから」

二人はよく似た顔で睨み合っている。バチバチと火花の散る音が聞こえそうなくらいだ。

「妃を娶ることについてはカスリーンも了承したが、本当にこの話を進めていいんだな」

ユーリ殿下は驚いたような顔でわたしをちらっと見ると、なぜか不機嫌な顔になって言った。

「皆が乗り気ですからね。カテリーナは可愛いし、構いませんよ」

ユーリ殿下の言葉に、胸がチクリと痛む。

正直、正妃と仲良くできる自信はない。でもそんなことを言える立場でないことも、理解している。

「正式に決まったら撤回することはできない。だが二人がそれでいいのなら、何も言うまい」

陛下が何を言いたいのか、よくわからなかった。わたしの立場で『ユーリ殿下が正妃を娶るのは嫌だ』なんて言うことはできないのに。

わたしにできるのは、二人を祝福すること。そして、これからもユーリ殿下を愛していくことだけだ。

陛下が帰ると、ユーリ殿下はわたしの向かいに座り、きつい眼差しを向けてきた。

「どういうことだ？　そのような格好で陛下に会うとは。侍女に言って身なりを整えさせることもできないのか」

わたし付きの侍女は一人しかいない。突然やってきた陛下をお迎えする用意と、わたしの支度の手伝いを同時にしてもらうなんて無理だ。無理難題を言うユーリ殿下に、ついムッとする。

彼の言葉には答えず、わたしは話を変えた。

「結婚が決まったというのは、本当のことなのね？」

わたしが尋ねると、ユーリ殿下はまた不機嫌な顔になる。もしかして、隠しておくつもりだったのだろうか。

「まだ正式に決まったわけではないが、このままいけば、数ヶ月後には婚約式があるだろう」

ユーリ殿下の口から改めて聞かされると、やっぱり少し悲しい。でもこれで、わたしも側妃になれるかもしれない。

「君は彼女と直接会うことはないと思うが、万が一会うことがあっても、ただただ頭を下げていればいい」

ただただ頭を下げる？　それは、会話もするなということ？

先ほど陛下も、同じようなことを話していた。側妃と正妃は、あまり会うことがないのだろうか。舞踏会には一緒に出席することもあると、前に聞いたのだけど……

「どうして会うことがないの？　舞踏会で会わないの？」

「舞踏会だって？　君は愛妾なんだから、舞踏会には出ないだろう。今までだって一度も出席していないし、第一、ドレスだって持ってないのに」

ユーリ殿下の呆れ果てた顔に、わたしの方が驚いてしまう。

「ドレスなら持っているわ。実家から持ってきたもの。わたしだってたまにはユーリと踊りたいわ」

「愛妾は、舞踏会には出られない。これは昔からの決まりごとだ。二年前にも説明しただろう」

「で、でも、側妃になれば出席することができるって、聞いたことがあるわ」

わたしが思い切って言うと、ユーリ殿下は息を呑んだ。

「カスリーン、君が側妃になりたいだなんて、はじめて聞いた。どうしたんだ、誰かに入れ知恵でもされたのか？」

ユーリ殿下の訝しげな表情に、わたしは絶句した。なぜ彼は、そんな目でわたしを見るのだろう。

側妃になった男爵家の女性がいると聞いたのは、わたしが愛妾になるずっと前のことだった。ユーリ殿下と会うよりも前のこと。誰に聞いたかも、もう忘れてしまった。

「……じゃあわたしは、ずっと愛妾のままなの？」

小さな声で尋ねると、ユーリ殿下は何かを考えるように目を瞑った。わたしはその間、ユーリ殿下を見つめることしかできない。

しばらくしてゆっくりと目を開けたユーリ殿下は、冷たい瞳でわたしを見据えた。

「君を愛妾にしてから、私は一度でも、君を妃にしたいと言ったことがあるかい？」

わたしを見る目と同じくらい冷たい、ユーリ殿下の言葉。気づけば、涙が溢れていた。

確かにユーリ殿下は、わたしが愛妾になってから一度だって、そういう話をしたことはなかった。

彼がくれた言葉は『たまらなく君が欲しい』『ずっとそばにいて』『君のそばにいると、何もかも忘れられる』というような、抽象的なものばかりだ。

なぜ気づくことができなかったのだろう。それらが、わたしをベッドに誘うためだけの、愛情のない台詞だったということに。

「カスリーン？」

冷たい声で名前を呼ばれて、我に返る。

「ユーリは……言ってないわ。わたしが勝手に思い込んでいただけ」

「そうだろう。この際だ、はっきり言おう。君には私の隣に立てるだけの教養も魔力もない。しかもこの二年間、君はなんの努力もしてこなかったじゃないか。私の隣に立つ気なら、もっと自分を磨く努力をしていたはずだ」

頭を何かで殴られたような衝撃を受けた。

確かにこの二年間、わたしはこの部屋でユーリ殿下を待つだけの日々を過ごしてきた。でもそれは、ユーリ殿下がそれを望んでいると思っていたから。それに、侍女長に何度か勉強をしたいと頼んだことがあるけれど、『愛妾には必要ありません』と断られたのだ。愛妾という立場で過ごした二年という月日で、わたしは彼の言うことになんでも従うようになっていた。はじめの頃は意見したこともあったが、まったく耳を貸してもらえないため、諦めてしまったのだ。

でも今は、大人しく頷いているだけで済ますわけにはいかない。わたしの二年間の振る舞いについては、誤解されたままでもいい。そんなことより、どうしても確認しなければならないことがある。

「でも、子供ができたらどうするの？　愛妾の子供はどうなるの？」

ユーリ殿下はわたしとの未来をちゃんと考えてくれていると思っていた。もちろん、わたしとの子供のことも。だからこれまで耐えてきたのだ。

「子供だって？　愛妾との間に子供は作らない。君は知っていると思っていた」

ユーリ殿下の言葉に、自分の顔から血の気が引いていくのがわかった。

わたしはユーリ殿下をまるでわかっていなかったんだわ。わたしと子供を作る気すらなかった。わたしを愛妾にしただけで、それ以上の未来は何も考えていないだなんて、ひどすぎる。

わたしが額に手を当てると、彼は顔を覗き込んできて言う。

「今日はいったいどうしたんだい？　陛下に何か言われたのか？」

「あなたの結婚が決まったと言われたわ」

「それで側妃になりたいなんて言い出したのか。心配しなくても、結婚しても君のことはこれまで通り大切にするよ。私は君と別れる気なんてない。君は私にとって、とても大事な人なんだ」

わたしの様子に気づいたのか、ユーリ殿下が急に優しくなる。でも、今さらどんな優しい言葉をかけられても、もう心には響かない。

涙がとめどなく流れていくが、拭う気力もなく、彼に返事もできない。

「ああ、もう行かなければ」

わたしの返事を待たず、ユーリ殿下は立ち上がる。

「本当はもっと一緒にいたいが仕方がない。君が陛下にいじめられていないか気になって、仕事を抜けてきたんだ。今日はもう来られないが、また明日の夜に来るよ。そのときにこの話の続きをしよう」

ユーリ殿下はわたしの涙を指でそっと拭うと、瞼にキスをして部屋から出ていった。

さんざん無慈悲な言葉を投げつけておいて、急に優しくされても信じられるわけがない。

一人きりの部屋で、わたしはユーリ殿下との関係の終わりを感じた。

このまま一生、上辺だけの言葉と身体のつながりだけで、彼の愛妾として生きていくなんてお断りだ。

寝室に入り、枕を抱えて泣く。この二年、数え切れないほどの涙を流した。

でも今流している涙は、それとは違う。これはお別れの涙だ。

ユーリ殿下との二年間を思って流すこの涙が、きっと彼を忘れさせてくれるだろう。

「カスリーン、どうしたの？」

久しぶりに聞くその声は、ダリーのものだった。わたしはびっくりして顔を上げる。

そこは以前ダリーと会っていたのと同じ、真っ暗な空間だった。きっとこれは夢で、わたしは泣きながら寝てしまったのだろう。

　そして、目の前にダリーがいる。わたしは涙を拭きながら声をかけた。

「ダリー」

「……うん」

「ダリー」

「うん」

「本当にダリーなのね」

「久しぶりだね、カスリーン」

「ずっと来られなかったの。何度も『ここに来たい』って思いながら寝たのに、来られなかったの」

　ダリーは最後に会ったときより大人っぽくなっていた。はじめて見たときは女の子と間違えるほど可愛らしかったけど、今はまったく違う。

　黒い目を伏せて、ダリーは少し寂しそうに言った。

「私は君とあまり関わるべきではない。そう思っていたから、会えなくなったんだと思う」

「どうしてそんな風に思うの？　ずっと一緒だったじゃない」

「そうだね。ずっと一緒だった。君といる時間が楽しくて、甘えていたんだ。本当はもっと前に会うのをやめなければならなかったのに、君がデビュタントの年頃まで会い続けてしまった。それではいけないと思ったんだ。君が結婚したら、相手の男に失礼になるだろう？」

　彼の言葉にハッとした。やっぱりダリーは実在するのかもしれない。だって夢の中だけの人なら、現実世界の結婚相手のことなんて、気にするはずがない。

　本当は、前から思っていた。ダリーは現実に存在しているのかもしれないって。彼が親友のことを話してくれたときに、そんな気がしたのだ。

　ダリーがもし現実にいるのなら、会いたい。会って話がしたい。わたしも彼に会うことはできないかしら。

「前に話してくれた親友とは、今も会ってるの？」

「……うん。たまにだけど、会いに来てくれるよ。彼は昔も今も変わらず、私の親友でいてくれている」

　ふと、今朝夢で見たダリーの姿を思い出した。大きなベッドで眠る、青白い顔をした幼い頃のダリー。あの夢はなんだったのだろう。

「……ねぇ、ダリー。ダリーって、重い病気になったことがある？」

　勇気を出して聞いてみる。するとダリーはスッと目を逸らした。

「……あぁ、そうだ、君にも親友ができたんだよね？　スーザンと言ったかな」

唐突に話を変えたダリーに、わたしは目を丸くする。

わたしの質問に答えたくないか、答えられないか。どちらかわからないが、否定しないことが引っかかる。彼が実在しないのならば、病気にだってかからないだろうから、答えない理由はないだろうに——

わたしは追及するのはやめ、ダリーの話題に乗ることにする。

「そう、スーザンよ。彼女が恋しいわ。もう二年も会ってないの」

「もしかして、カスリーンはスーザンに会いたくて泣いていたの？」

「ううん、違う。実は、殿下が正妃を迎えることになって……。そうなれば、わたしは側妃になれるかもしれないと思っていたんだけど、そのつもりはないとハッキリ言われたの」

わたしの話を、ダリーは黙って聞いてくれる。わたしは彼の目を見つめて、決意を告げた。

「でも、決心したわ。殿下とは別れることにする。それがわたしにとっても殿下にとっても、最善だと思う」

「……それでいいのか？　泣いていたのは、殿下に未練があるからなんじゃないのか？」

「違うわ。未練を残さないために泣いたの。殿下の結婚準備が進む前に――すぐにでも、城を出ることに決めたわ」

「殿下が結婚か……。彼にがっかりさせられることになるとは、思わなかったな」

　ダリーが寂しそうな顔で呟いた。

「殿下が悪いわけではないの。わたしが馬鹿だったの。彼とわたし、それぞれの立場を理解していなかったのよ」

　ダリーの暗い顔を見ていたくなくて、思わず強がりを言ってしまう。それを聞いて苦笑するダリーに、もっと気の利いたことが言えたらいいのにと歯がゆく思った。

「殿下の結婚が決まったのなら、城を出ることには賛成だ。まっすぐ家に帰るんだよ」

「うーん、それは無理かな。父様に勘当されたもの。二年間、一度も連絡を取っていないわ」

　わたしが皇太子の愛妾になると言うと、父様は反対した。『愛妾だなんて、幸せになれるわけがない』と断言し、『カスリーンがどうしても愛妾になるなら勘当する』と言ったのだ。

　きっとわたしに、愛妾になるのを諦めさせたかったのだろうけど、わたしは反対を押し切って城にやってきた。それ以来、家族とは手紙のやり取りすらしていない。

　城を出て家族を頼るのは、さすがに虫がよすぎるだろう。

「ずっと勘当されたままなの？」

「そうなの。だから、スーザンのところに行こうと思っているの」

「スーザンとも、二年間会っていないんだろう？」

「そうなんだけど……あっ、誰かが呼んでるみたい。また……」

身体が目を覚ましたり、現実世界で誰かに起こされたりすると、わたしはこの世界にはいられない。

呼び戻される瞬間が、悲しくて仕方ない。ダリーと話したいことがまだあるのに。また二年も会えなかったらどうしよう。不安になりながら、わたしは目を覚ました。


「カスリーン様、昼食です」

起こしてくれたのは、侍女のバニーだった。

夢から覚めてしまったことが悲しくて、わたしは返事もできずにただ頷く。

昼食が出るということは、今日は夕食がないということだ。ただし、それはバニーが嫌がらせをしているということではない。彼女はいつも事務的な態度だし口調もキツいところがあるけど、わたしの食事を抜くようなことはしない。これは彼女の勤務時間に関係していて、昼勤務の日は夜に別の侍女に仕事を引き継いでいるのだ。その場合、夕食は必ずと言っていいほど持ってきてもらえない。

バニーが休みの日は、他の侍女が一日に一食だけ食事を運んでくる。また、食事を持たずにわたしの様子を覗きに来るだけの侍女もいる。皇太子殿下の愛妾であるわたしを、ただ見に来るのだ。ときには、心ない言葉もぶつけられる。

愛妾はこういういじめを受けるということを、この立場になってはじめて知った。正妃が決まれば、嫌がらせはもっとひどくなるかもしれない。

今日の昼食はサンドイッチと冷めたスープだった。ユーリ殿下が一緒のときは豪華な食事が出るが、彼が来ないと冷めたものばかり。冬にはスープが凍っていることもあった。そのときは、暖炉のそばに持っていき、溶かして飲むのだ。

わたしがユーリ殿下に報告しないから、嫌がらせが続いているのだろう。しかし、みじめすぎて彼に話すことはできなかった。

サンドイッチを食べてみると、ものすごくパサパサしているし、あまり味もしない。何日か前に焼かれたパンが使われているようだ。しかし、これはまだいい方。一度、パンにカビが生えていたこともある。

あのときはいつもと違い、侍女が三人やってきて、わたしが食べ終えるのを待っていた。そしてわたしがカビの生えたパンを気づかずに食べ、吐き出す姿を見て、彼女たちはクスクスと笑ったのだ。

一月ほど前には、食べられないものを出されたことまである。思い出したくないほど最悪な出来事だった。

今日のサンドイッチは、少なくともカビていない。美味しいとは思えないけれど、残さず食べた。最近はどんな味を美味しいと感じるのかも思い出せなくなっている。

食べ終えるとバニーが食器を下げ、部屋から出ていこうとした。

わたしは彼女に声をかける。

「いろいろありがとう」

バニーは「いえ」とだけ言って出ていく。

そこでわたしは、ふと一年前の出来事を思い出した。


——その日、バニーはガチャガチャと音を立てて食器を並べていた。いつもは音を立てずに皿を並べる彼女にしては、珍しいことだ。

どうしたのだろうと思って眺め、彼女の腕に包帯が巻かれていることに気づいた。

「バニー、怪我をしてるの？　今日は休めばよかったのに」

彼女が休めば、かわりに、ひどい嫌がらせをする侍女が食事を持ってくることになる。

けれど、怪我をしている人を働かせたくはない。

「いえ、わたしはあなた様と違って、働かないと家族への仕送りに困りますから」

明らかに、愛妾をしているわたしに対しての嫌味だ。はじめのうちは気にしていた嫌味も、その頃には聞き流すようになっていた。それに、嘘は言われていない。

それはともかく、仕送りに困るという話を聞いては、放っておくこともできない。

「腕を見せて」

「えっ？」

バニーが訝しげな顔をしたが、わたしは構わず手を差し出した。

「腕を見せなさい」

わたしが命令口調に変えたので、バニーはしぶしぶ腕を出す。包帯を取ると、火傷の痕が腕全体に広がっていた。包帯は火傷を隠すために巻いていたようだ。

「これはひどいわ。城のお医者様には診てもらったの？」

バニーは首を横に振って答える。

「治療費を払えませんから」

「このままでは痕が残るし、腕が使えなくなる恐れもあるわ。診てもらった方がいいわよ。就業時間中の怪我だったら、お金はかからないって聞いたけど」

「誰に見せてもわかるでしょう。これは侍女の仕事でできる火傷ではありません」

嘘をついたら解雇される、とバニーは怯えていた。でもこのまま何もしなければ悪化するだろう。腕が使えなくなったら、侍女として働けなくなってしまう。

そこでわたしは、治癒魔術を使うことにした。わたしが比較的得意な魔術。

攻撃魔術はあまり得意ではない。威力が強くなりすぎてしまうのだ。制御が上手にできなくて、いつも失敗しては父様に叱られていた。

火をおこすだけの魔術を使おうとして、屋敷の裏にあった小さな山の木を半分くらい燃やしたこともある。あのときはさすがに落ち込んだものだ。

バニーの腕に手をかざすと、淡い緑の光が腕を包み、火傷を治していく。数秒で、元の綺麗な肌に戻った。

「これなら休まなくてもいいわね」

「あ、ありがとうございます」

バニーは目を見開いて、自分の腕を見ていた。

心のこもったお礼の言葉ではなかったけれど、あの日からバニーは嫌味を言わなくなったのだった。

バニーは、なぜか治癒(ちゆ)魔術のことを誰にも言わなかったようだ。わたしは誰からも、魔術について尋ねられていない。そのことにホッとした。

実は、治癒(ちゆ)魔術を使える人は多くない。わたしが治癒(ちゆ)魔術を使えることは、家族だけの秘密にする約束なのだ。

わたしの曾祖母(そうそぼ)は、この魔術のせいで死んでしまった。実家のある街で災害が起きたとき、みんなが曾祖母(そうそぼ)に助けを求めたらしい。彼女は怪我人を助けるために魔力を使い、最後には魔力切れで亡くなったそうだ。

曾祖父(そうそふ)が男爵になれたのは、曾祖母(そうそぼ)の功績によるという。しかし彼は、『貴族になんかなれなくてもいいから、妻に帰ってきてほしい』と、亡くなる直前までずっと言っていたと聞いたことがある。

父様には、家族以外に話さないようにと、厳しい声で何度も言われてきた。特に二十歳になるまでは——という話だったので、ユーリ殿下にも言っていない。二十歳になったら彼にこっそり打ち明けようと思っていたのだ。

治癒(ちゆ)魔術のことは秘密だとわかっていても、バニーを見捨てることはできなかった。彼女はわたしに優しいわけではないけれど、この二年間でまともに接してくれた数少ない人の中の一人なのだ。

彼女は少なくとも、わたしの世話をしてくれた。誰もが嫌がって避けている、わたしの世話を。

バニーが去ったことを確かめてから、ここを出る支度をはじめる。

本当はユーリ殿下と話し合うべきだろうけれど、今は冷静に話ができる気がしない。それに、彼に言いくるめられ、今以上に囲われるかもしれないと思うと恐ろしい。決意が鈍らないうちに、できるだけ早く出ていこう。

まずは鞄を取り出す。この鞄は、見た目は小さいけれどいくらでも入る魔術が施されたもの。大きな鞄だと、出ていくときに怪しまれる可能性があるので、こういうときは便利だ。この鞄はわたしが小さい頃に祖父がくれたものだった。

ここに住むようになったときも、この鞄だけ持って、たった一人でここへ来た。

「でも、持っていくものって、あまりないのよね」

二年前から鞄に入れたままの宝石や舞踏会用のドレスは、そのままでいいだろう。宝石は祖母の形見で、ドレスは実家から持ってきたものだ。舞踏会に出席できないわたしには必要ないものだから、二年間、鞄から取り出さなかった。

この鞄から取り出したものは、貯めていたお金と普段着用のドレス、後は化粧品だけ。愛妾というのは贅沢三昧できると思っている人もいるだろうが、そうではないことを身をもって知った。

舞踏会に行けないからか、ドレスや宝石をもらったことはない。家からあまり出ないように言われていて、外出といえば、侍女に頼んでたまに城下街へ連れていってもらったくらい。城下街を歩く際に周囲から浮かない服は、男爵家にいたときに貯めていたお金で買った。一年前にそのお金が底をついて以降、城下街には行っていない。

お金を使い果たしたとき、祖父が亡くなった際に形見分けでもらった祖母の宝石を売ることも考えた。けれど愛妾が宝石を売るなんて、たとえ殿下からもらったものでなくても、噂になったら困ると考えて、やめたのだ。

「どこで暮らすにしてもお金が必要になるから、いよいよ手放すことになりそうね……」

鞄から取り出した宝石を眺めて呟く。宝石を買い取ってくれる店は以前、城下街に遊びに行ったときにバニーに教えてもらった。

この宝石を売って、親友のスーザンに会いに行きたい。

そしてできるなら、ダリーを探したい。もし彼が困っていたら、助けたいのだ。彼には絶対に何か事情があると思うから。

でもスーザンと違って、夢の中でしか会ったことのないダリーの居場所はわからない。黒髪に黒い瞳、貴族のような格好をしていたので、きっと他国の貴族だと思うのだけれど。

スーザンは各国の紋章に詳しいから、あの夢で見た紋章について聞いてみよう。

「スーザンに会いたい」

スーザンは、ダリーの次に友達になった子だ。わたしが殿下の愛妾（あいしょう）になると知ったとき、彼女はとても驚いていた。そして、不幸になるからと大反対した。

とはいえ、男爵令嬢に皇太子からの求愛を断れるわけがないこともわかっていたのだろう。最後に会ったときには、優しくこう言ってくれた。

「カスリーンが愛妾（あいしょう）になったら滅多（めった）に会えなくなるけど、困ったことがあったらいつでも言ってね」

少なくともスーザンだけはわたしの味方でいてくれる。彼女の言葉に心底ホッとしたのだ。

その後スーザンは、婚約者のヴィック・マーチ子爵と結婚したと聞いた。お祝いの手紙を送ったが、返事は受け取っていない。手紙を出すときにバニー以外の侍女に頼んだので、届けてもらえなかったのかもしれない。

「ヴィックのことはわたしも知ってるし、会いに行っても追い返されることはないわよね」

会いに行って、話を聞いてもらおう。彼女には昔、ダリーの話をしたことがある。彼女はわたしの夢の話を馬鹿にしないで聞いてくれたから、きっと一緒に考えてくれるはず。

鞄には自分が持ってきたドレスを数着だけ入れた。この家での思い出の品を持っていこうと思ったけれど、持っていけるものは何もなかった。

ここに来たばかりの頃、ユーリ殿下が贈り物をしてくれたことがある。チョコレートや花、クマのぬいぐるみだった。嬉しくて、わたしはチョコレートを一日に一個ずつ大切に食べた。

でもそれらの贈り物は、数日でどこかに消えた。この部屋に出入りできる鍵を持っているのは、ユーリ殿下以外は侍女だけだから、侍女に捨てられたのだろう。

あのクマのぬいぐるみも、箪笥の上に飾らずにこの鞄の中に入れていたら、侍女に捨てられることもなかったのに。

気持ちは沈んだが、思い出の品なんてなくてよかったと思い直す。だって、未練が残るもの。

ユーリ殿下とのことは、もう過去のこと。これからはお話しするときも殿下と呼ぶようにしないといけないんだわ。

荷物の整理を終えると、城下街散策用に二年前に買ったドレスに着替える。これなら、愛妾(あいしょう)だとバレて城の門で止められることもないだろう。

鞄(かばん)を肩にかけ、二年間暮らした家を後にした。


城を出るときはドキドキした。でも、入るときほど厳しい検査はなく、あっさりと通された。

あまりにもあっけない対応に、こんなことで大丈夫なのかしらと思ったくらいだ。

一年ぶりの城下街は、あまり変わっていなかった。秋らしい冷たい風が吹く中、石畳の上を早足で歩いていく。

バニーに聞いた、宝石の買い取りをしている店はすぐに見つかった。そこの店主に宝石を何個か渡したところ、金貨六十枚に換えてもらえるという。

バニーと城下街で買い物をしたとき、金貨一枚で平民の三人家族が一ヶ月は生活できると聞いたことがある。六十枚もあれば、スーザンのところへ行く費用を払っても、当分お金に困ることはない。

わたしは換金をお願いし、このお金で旅の支度をすることにした。

スーザンの住む街ガレーンに行くには、乗合馬車を使う必要がある。数日かかる場所のはずだから、その間の食べ物は自分で用意しないといけない。

まずパン屋で、美味(おい)しそうなハチミツパンを買う。そしてパン屋の隣にある服屋で、フード付きのマントを買った。これなら万が一、馬車で寝ることになっても、布団がわりにできる。

その他にも細々としたものをいくつか買い、乗合馬車の切符売り場に並ぶ。思ったよりもお客が少ないようだ。

切符売り場のおばさんいわく、ガレーンの街へは馬車を乗り継いで夜通し進んでも、四日かかるらしい。

わたしが一人で旅をすると知ると、おばさんは「夜は宿に泊まる方がいい」とすすめてくれる。そうすると七日もかかるけど、女の一人旅は危険だと言われたのでおばさんの忠告に従うことにした。

それに、最近はガレーンに行く街道に山賊が出るという。そのため、みんな遠回りをして行くそうだ。遠回りをする乗合馬車は、今日の便がもうないと言われた。切符売り場に人が少なかったのは、そのせいだろう。

その話を聞いて、わたしは焦った。

今日のうちに出発しないと、ユーリ殿下に見つかり、城に連れ戻されてしまうかもしれない。

「どうしても今日、帝都を出発したいのです。何か方法はありませんか？」

そうおばさんに迫ると、彼女はしばらく考えた後、「少しばかり危険だけど、それでもよければ」と、隣街まで行く冒険者一行の馬車を紹介してくれた。

さらにおばさんは、その街からガレーンまでの馬車の乗り継ぎ方法から、宿の泊まり方、評判のいい宿まで親切に教えてくれた。結局この切符売り場では何も買わないことが、申し訳なくなる。

「よくしてくださって、ありがとうございます。何も買わずに申し訳ありません」

「いいよ、いいよ。普段はここまでおせっかいはしないんだけどね。なんだかお嬢さんは危なっかしくて、見ていられなくてね」

そしておばさんは、「いい旅を」と笑顔で言ってくれる。

そういえば、一人旅ははじめてだ。生まれ育った街から帝都へは、家族と一緒に馬車に乗ってきた。社交界デビューのためだったが、まさかそこでユーリ殿下に見初(みそ)められることになるなんて、夢にも思っていなかった。

するとそのとき、遠くから声が聞こえ、街は一気に騒がしくなった。

「皇太子殿下が通られるぞ」

その言葉に、鼓動が大きく跳ねる。

まさか、わたしが城を出たことをユーリ殿下に気づかれたのだろうか？　それで、捜しに来たの？

馬の蹄の音が聞こえてくると、歓声が湧き上がった。

切符売り場のおばさんも、背伸びをして様子を眺めている。

「何が起きているのですか？」

おばさんにおそるおそる尋ねると、彼女は少し驚いたように教えてくれた。

「あんた、知らないのかい。皇太子様は時々、こうして城下を見回りしてくれるのさ。城壁の確認や城の結界が綻びてないかを確認するために出かけるときの、ついでみたいだがね」

ユーリ殿下がそんなことをしているなんて、まるで知らなかった。

殿下に気づかれないように、わたしは買ったばかりのマントのフードを深く被る。そうして、群衆の中から彼の姿を見た。

「ユーリ殿下！」

若い女の子たちが、黄色い声で彼の名前を叫んでいる。

正装したユーリ殿下は、わたしには見せたことのない笑顔で、手を振って歓声に応えた。

「キャー！」

わたしは今まで殿下という男性のことを何も見ていなかったのだと気づかされ、愕然とした。よく考えればこの二年間、彼の正装姿すら見たことがない。わたしはあそこで歓声を上げている彼女たちよりも、ユーリ殿下のことを知らないのかもしれない。

そのことに気がついても、わたしは悲しみすら感じなかった。

殿下はわたしに気づくこともなく去っていく。

彼の顔を見たら離れる決心が鈍るかもと思っていたけれど、実際には背中を押される形となった。

「お嬢さん、急がないと馬車が出てしまうよ」

去っていくユーリ殿下を見つめていると、おばさんが声をかけてくる。

「おばさん、親切にしてくれて本当にありがとうございました」

お礼を言って、馬車が停まっているという方向に走った。馬車に乗れば、すべてが終わる。これでよかったのだ。

切符売り場のおばさんが紹介してくれた馬車は、すぐに見つけることができた。

その馬車は冒険者たちが隣街へ行く道に出る山賊を退治するために乗るものだという。

そういったことは騎士団の仕事だと思っていたが、冒険者も依頼があれば行うらしい。

彼らはこの馬車を、山賊をおびき寄せるための囮にするのだという。一般女性が乗ることで囮らしくなるし、わたしが防御魔術を使うという条件で、無料で隣街まで連れていってもらえることになった。

中には、たくさんの荷物と十数人の人が乗っている。山賊を騙すためにいろいろな品物を載せていて、これらを無事に隣街まで持っていくのも仕事の一部らしい。

一緒に乗る人たちはみんな冒険者だと聞いたけれど、とてもそのように見えない。確かに体格のいい無骨そうな人が多いが、十歳くらいの子供もいる。あの子も冒険者なのかしら？

「ああ、あんたが唯一の一般人か。本当に大丈夫なのか？」

馬車に乗り込むと、大柄な男性に声をかけられた。彼が責任者だろうか。

「はい。攻撃魔術は苦手ですが、防御魔術は褒められたことがあります。馬車ごと守りますので、お任せください」

「はっはは。馬車ごと守るとは大きく出たな、お嬢ちゃん」

笑われてしまったけれど、本当のことを言えば、馬車ごとでなければできないだけの話だ。防御魔術では結界を作るのだが、自分のみを守る大きさのものを作るのがわたしには難しい。攻撃魔術と同じで、防御魔術も制御ができないのだ。

「わたしはカスリーンです」

「俺はバッカーだ。よろしくな」

挨拶を終えると、すぐに馬車が動き出した。いわゆる幌馬車で、秋風の強いこの時季には少しつらいものがある。マントを買っておいて正解だった。

馬車はガタガタと荒っぽい音を立てて走る。揺れが大きく、お尻が痛いくらいだ。

こんなに揺れるなんて、わたしが今まで乗ったことのある馬車とはまったく違う。馬車が揺れるたびに、身体が左右に振られてしまう。

しかし、わたし以外の人は馬車が揺れても身体が動いていない。全然平気なようだ。みんな、乗合馬車の揺れに慣れているのだろう。

そこへ、心配そうな顔の子供が立ち上がり、わたしのところにやってきた。

「お姉ちゃん、大丈夫？」

「あなたこそ大丈夫なの？」

こんなに揺れているのによく立っていられるものだ、と感心する。

「僕は慣れてるからね。冒険者になって二年だもん。僕の名前はパック。よろしくね」

「わ、わたしはカスリーンよ、隣街までよろしくね」

パックの髪はこの国では珍しい黒髪だ。そして瞳も綺麗な黒。ダリーと同じだから、親近感が湧く。

この国に黒髪が少ないのは、魔女に多い髪色だったからだ。魔女とは、魔力が強く独学で魔術を操ったり、呪いを使ったりする女性のこと。

そんな魔女の力を恐れて、かつてこの国で魔女狩りが行われ、多くの魔女が処刑された。魔女狩りを行ったのは、三代目の皇帝。彼は若くして病気で亡くなったため、魔女狩りがあったのは数年だけだったそうだ。数年でも、この国から黒髪の人間がいなくなるには十分だった。処刑されなかった人も、よその国に逃げてしまったからだ。

そして今でもこの国ではそのときに植えつけられた差別意識が残っていて、黒髪の人に冷たい人が多い。パックもそのせいで親に捨てられたらしく苦労しているという。

それにしても、パックは子供なのに、冒険者として働いているなんてすごい。いつかはきっとこの子もバッカーさんみたいになるのかな。うーん、全然想像つかない。

帝都を出て数時間後、休憩で馬車が停まった。この先には山賊がいると思われるので、早めに夕食を食べるそうだ。腹が減っては戦はできぬ、ということなのか。

馬車の揺れをこらえるのに踏んばったせいか、足がガクガクするが、なんとか立ち上がる。

「……うっ……お尻が痛い」

あまりの痛みに、涙が出そうだ。まだ馬車の旅ははじまったばかりなのに、これでは憂鬱(ゆううつ)になる。

馬車を降りて新鮮な空気を吸うと、少しは気分が晴れた。

夕食と言っても、各自が用意したものを食べるだけ。わたしはハチミツパンを取り出してかじった。

ハチミツという言葉に釣られて買ったけれど、甘くない。甘いものを一年ほど食べていなかったから楽しみにしていたのに、ガッカリだ。

「そのパン、美味(おい)しそうだね」

パックが干し肉を食べながら、わたしのハチミツパンを見ている。彼に向かって、パンを差し出した。

「あんまり甘くないんだけど、たくさんあるから食べる?」

「わぁ、ありがとう」

パックは干し肉をポケットに突っ込むと、ハチミツパンを受け取ってかぶりついた。

「あまーい！　お姉ちゃん、これとっても甘いよ」

えっ？　甘いの？　わたしは食べかけのハチミツパンをちぎって、口に入れる。

やっぱり甘くない。

――違う、そもそも味が感じられないんだ。

そう気がついて、愕然とする。

なぜ今まで気づかなかったの？

城にいる間、嫌がらせで味のないものを食べさせられていると思っていた。ユーリ殿下とたまに食事をするときの料理は豪華だったが、味のない食べ物ばかり。彼がそれを指摘したことはなかったから、てっきりわたしの食事だけ味付けがされていないのかと思っていた。

けれどそうではなく、わたしの味覚がおかしくなっていたのだ。

そこで、一月ほど前の事件を思い出す。それは、ユーリ殿下が公務で隣国へ行っている間に起きた。

その日、夕飯を持ってきたのは、はじめて見る二人の侍女。食事はいつもより豪華で、不審に思った。しかも、侍女たちはニヤニヤ笑っていて気味が悪い。

一口食べて、口中に得体の知れない苦みが広がり、食べられるものではないことに気づいた。わたしは急いで浴室に行き、食べていたものを口から出す。口の中の苦みを流すため、何度もうがいをした。

それに気を取られたわたしは、浴室に閉じ込められたのだ。

「カスリーン様、私たち時間なので帰ります。まだお食事が残っているようなので、下げずに置いておきますね。最後までお召し上がりください」

夕食なんて見たくもない。笑っている侍女たちが怖い。どうしてこんなことができるのだろう。

でも、このまま閉じ込められるのは困る。朝晩の気温が下がりはじめた時季だった。こんなところで一晩過ごしたら、風邪をひいてしまう。

「ねえ、いるのでしょう？　開けて、開けてください」

扉を叩いて頼んだけれど、彼女たちは笑いながら去っていった。

浴室の水をお湯にするには、魔導具を使う。その原動力となる魔石は侍女が管理しているから、お湯を沸かすことは不可能だ。

わたしは寒さに震えながら、火をおこす魔術を使おうか悩んだ。でもわたしの魔術の制御が未熟で、失敗すればどうなるかわからない。そう思うと魔術を使うことができなかった。ユーリ殿下にこれ以上迷惑をかけられないと思ったからだ。

次の日の朝、バニーに発見されたわたしは、高熱を出して危なかったらしい。

そのときは、いつも侍女からのいじめに見て見ぬふりをする侍女長も、さすがに医術の先生を街から呼んでくれた。

おかげでわたしは、ユーリ殿下が帰ってくる頃には回復していた。

でも、後遺症が残っていたのね。味覚が働かなくなったのは、多分、あの日からだと思う。

以前から食事を減らされていたし、カビパンを出されて以降、食欲が減っていた。その上、ここ一月は味がしない食事が苦痛で、あまり食べられていない。

それでもこれからは、美味しいものを食べられるようになると思っていたのに……

ハチミツパンも食べる気が失せたので、鞄に戻す。

その様子を見て、パックが首を傾げた。

「もう食べないの？」

「ええ、ちょっと……」

そう言って言葉を濁すと、馬車の出発の号令がかかる。

馬車に戻ると、パックはまたも隣に来て、なぜハチミツパンを残したのかと聞いた。

わたしは迷ったが、味がわからなくなったことと、その経緯を話すことにする。

皇太子の愛妾だったことは言えない。けれど、とある男性の愛人として囲われていて、侍女にいじめられていたのだと、かいつまんで話した。別れを決意し、帝都を出たのだ、とも。

パックにはなぜかスラスラと話すことができる。

わたしが話し終えると、パックは首を傾げた。

「お姉ちゃんって……見たまんまっていうか。うーん。やっぱり、お嬢様なんだね」

パックの呆れたような声に、わたしは固まる。

「見てわかるの？」

「そりゃあね。光り輝いている銀色の髪に、日焼けをしたことがないような白い肌。一度も働いたことがないだろうって感じの、綺麗な手をしている。それに、僕たちと違って毎日風呂に入ってるのも匂いでわかる。服だって、何日も同じのを着てる冒険者と違って、洗濯されてるでしょ。僕たちも今日は一般人の振りをしてるからいつもより小綺麗にしてるけど、所詮付け焼き刃だって、お姉ちゃんを見てたらわかるよ」

「そうなの？　わたしにはよくわからないわ」

パックはいつもとは違って小綺麗にしてると言ったが、わたしはそもそも冒険者の日頃の格好を知らない。普段そんなに汚い格好をしているのだろうか。

「お姉ちゃんは本当の貧乏を知らない。それがよくわかる。だって僕だったら、いじめられてもご飯だけは手に入れるよ。食べなくちゃ、死んじゃうからね。それに、ご飯にいたずらする侍女なんて、叱るべきだよ。お姉ちゃんが侍女を使う立場だったんでしょ？自分でなんとかしようとしないなんて、僕からしたら甘えてるようにしか思えない。味覚障害になって、食べるのも避けちゃうし……。僕たちはどんな不味（まず）いご飯だって残さず食べるよ」

目からウロコが落ちるというのはこういうことなのか。

パックの言葉は、間違っていない。わたしはただのお嬢様で、甘えた子供と同じ。悲劇のヒロインぶっているだけで、なんの努力もしなかった。

侍女長にもっと文句を言ったり、意地悪な侍女を叱ったりすればよかった。なぜ毎日、泣いて過ごしていたのだろう。

涙が出そうになって、必死に歯を食いしばった。これ以上、パックに情けない姿を見せたくない。

「おいおい、パック。お貴族様には逆らえない相手がいるんだ。どんな理不尽なことでも、我慢しないと抹殺されることだってある。恐ろしい世界なんだから、迂闊（うかつ）なことを言っちゃあいけないぜ」

バッカーさんは、優しい声でパックをたしなめる。わたしが貴族だというのは、バレバレらしい。

周囲を見渡せば、馬車に乗っている冒険者たちはみんな今の話を聞いていたようで、苦笑を浮かべていた。

パックの隣に座っていた三十代くらいの男性も、笑いながら口を開く。

「そうだよ、パック。わしらだってどんな理不尽なことでも、我慢することがあるだろ。わしは、命を助けるかわりにと、全財産を没収されて路頭に迷いそうになったことがある。あのときは死を覚悟したもんだ」

「おっちゃんのその話は何回も聞いたよ。結局は貴族に逆らったらダメだってことだろ?」

「そういうことだ。お嬢さんは賢いよ。逆らったら、もっとひどいことになっていたかもしれないんだからな。味覚障害で済んで、よかったのかもしれないぞ」

その話を聞いて、わたしはハッとする。

本当に馬鹿だった。この人たちの方がわたしよりずっと過酷な生活を送っているのに、こんな話をして、申し訳なくなる。みんなの思いやりのこもった視線を感じて、恥ずかしくなった。

いろいろと頭の中を整理したいけれど、それは山賊退治が終わってからゆっくり考えよう。今のわたしには、時間だけはたっぷりあるのだから。

「すまん、パックのことを悪く思わないでくれ」

パックが馬車の前方に移動したのを見て、バッカーさんがわたしに謝ってきた。

「い、いえ。わたしが悪かったんです。甘えたことを言いました」

「悪意に晒されたのが原因で味覚障害になったんだろ？　人から悪意を向けられるのは、精神的につらいからな。カスリーンは相当耐えていたんだろうな」

バッカーさんはわたしの頭を撫でる。優しさに触れて、またもや涙をこらえる羽目になった。みんな優しすぎる。

これ以上この話を続けたら、泣いてしまう。わたしは話題を変えることにした。

「パックはどうして前の席に行ったのですか？　もしかしてわたしのせいですか？」

「いや、パックは索敵が得意だから、敵がいる場所を前の席で探ってもらってるんだ」

最近は山賊を恐れて、この道を通る馬車はほとんどないという。そのせいで獲物がおらず、山賊は焦っているだろう。山賊たちは必ず襲ってくる、と睨んでいるそうだ。

パックは『遠目』と言って、遠くを見ることができる魔術を使えるようだ。冒険者には重宝される魔術で、使える人は多くないらしい。それでパックは、幼いのに冒険者として活躍できるみたい。こんな大捕物にも誘われるくらいだから、評価も高いのだろう。

前の席で様子を見ていたパックが、声を上げる。

「いたよ。一キロメートル先に集団でいる。あと、魔術師もいるみたいだ」

魔術師と聞いて、みんなの表情が引き締まった。魔術師がいるのは、厄介なことらしい。

「カスリーン、先ほど防御魔術を馬車ごとかけると言ってたが、本当か？　今からでもできるだろうか？」

バッカーさんに聞かれる。わたしは頷（うなず）いて答えた。

「大丈夫ですよ。ただこの馬車から離れた人には、防御は効きません」

「それで十分だ。防御魔術の結界を馬車ごと張ってもらえたら、山賊の近くまでこの馬車で行ける。接近してから戦うぞ。そのときは、パックは馬車の中で留守番だ」

バッカーさんの声に、パックが驚いた顔で振り向く。

「えっ？　僕だって戦えるよ」

「ここでカスリーンを守るのが、お前の仕事だ。山賊の中に魔術師がいるのなら、一般人を巻き込むんじゃなかったぜ。それにお前の防具は、魔術を撥（は）ね返すつくりにはなっていないだろう。危険だし、仲間の足を引っ張る可能性が高い。だから、ここでカスリーンと待つんだ。わかったな」

「はい」

悔しそうな顔でパックは返事をした。まだ冒険者二年目の若いパックには、魔術を撥ね返す機能のある高価な防具は買えないのだろう。これぱっかりは仕方のないことだ。

わたしは息を吸って、防御魔術の結界を馬車に張る。自分の中の魔力がスッと減った。それでもまだ魔力はたっぷり残っている。

「すごい。すごいよ。こんな結界、見たことないよ」

パックは興奮したように叫んでいる。

結界は魔力で作ったもので、大多数の人間には透明に見えるらしい。パックは視覚能力の魔術を使えるから、結界も見えるのだろう。彼も十分すごい。

「パックに結界の出来を見てもらったんだが、大丈夫そうだな。このまま山賊のところまで進もう」

わたしが結界を維持し続けていると、しばらくしてバッカーさんがぽつりと呟いた。

「なんか……向こうの魔術師がどんどんマジになってないか？」

「えっ？　どうかしたんですか？」

外を見ていたバッカーさんが、わたしの方を振り返る。

「カスリーンの魔術はすごいな。あっちの魔術師は攻撃魔術で結界を破ろうとしてたみたいだが、まったく破れないから本気になったみたいだ。攻撃魔術の威力が増してる」

「え、それって大丈夫ですか？」

「ああ、他の奴らが必死に止めてるから大丈夫さ。山賊だって、標的である宝の山に攻撃はしないし……よし、ここでいい！　停めろ！　みんな行くぜ！」

バッカーさんの掛け声で、あっという間に馬車の中はわたしとパックの二人だけになった。馬車の幌を取り払われたため、敵の姿も丸見えになる。

結界に攻撃を受けるたびに馬車が少し揺れ、ビクッとしてしまう。

「大丈夫。こっちが優勢だよ」

パックが興奮したように言う。

優勢とはいえ、向こうの魔術師はまだこちらを攻撃している。

「あの魔術師を倒さないと終わりそうにないし、最後には全力で馬車を攻撃してきそうね」

捕まるとなったら、魔術師はどんな攻撃をしてくるかわからない。

「向こうが全力で攻撃してきても、お姉ちゃんの結界は破られないと思うよ。それよりお姉ちゃん、魔力は大丈夫？　大きな魔術を使っているけど、どのくらい持つの？」

そういえば、結界を長時間張ったことはない。魔術も練習でしか使ったことがないし、どのくらい持つかもわからない。とはいえ、魔力はまだまだたっぷりあった。

「よくわからないけど、まだ魔力があるのはわかるから、大丈夫よ。そんなに長引かないでしょ」

バッカーさんたちは強い。目の前でバッサバッサと山賊が倒されていく。

もしかして、魔術師がわたしの結界を破ることにこだわらず、バッカーさんたちとの戦いを優先していれば、状況は変わっていたかもしれない。

けれど魔術師が自分たちの不利に気づき防御に徹したときには、戦局は決まっていた。

「バッカーさんたち、勝ちそうだね」

わたしがそう声をかけると、パックはキリッとした表情で答える。

「うん。でも最後に油断するのが一番ダメだって、バッカーさんが言ってたから、結界はまだそのまま出し続けてね」

「了解です！」

危ない、危ない。少し魔力が減ってきたからもういいかな、と思っていた。わたしは慌てて防御魔術に集中する。

しばらくして、バッカーさんたちは勝利を収めたらしい。攻撃魔術がやんだ直後、バッカーさんがこちらを見て手を振った。

その様子を見て、結界を解いた。結構魔力を使ったようで、身体がだるい。

バッカーさんたちは山賊に縄をかけ、馬車に乗せる。山賊はこれから隣街に連れていき、そこで取り調べを行うらしい。

ところが、なかなか出発しない。バッカーさんたちは、馬車から離れたところに集まっていた。

何事かと思い、パックと二人でそこへ向かう。

するとバッカーさんたちは一人の男性を囲んでいた。その男性は、馬車の中でわたしの隣に座っていた——命のかわりに全財産を没収されたことがある人だ。足を怪我したようで、立ち上がれずにいる。馬車まで運ぶのに困っているのだろうか。

そう思っていたら——

「仕方ねえな。ここから切り落とすぞ」

バッカーさんの物騒な言葉が聞こえ、唖然とした。バッカーさんの右手には大きな剣が握られているから、冗談ではなさそうだ。

「ど、どういうことですか？」

わたしが慌てて尋ねると、バッカーさんは悔しそうに言った。

「早くしねえと腐っていく。右足は残念だが、命の方が大切だ」

「ポ、ポーションで治らないのですか？」

ポーションとは、治癒（ちゆ）魔術の効果がある液体状の薬のこと。冒険者が使うもので、彼らは怪我をそれで治すと聞いたことがある。

「ここまでひどい怪我を治すポーションなんて、おいそれと買える額じゃねえ」

「でも、彼は冒険者なんでしょう!?　足を切断したら働けなくなるのだから、少々高くても使った方が……」

最後までは言えなかった。そんなことはみんなわかっているのだ。わたしなんかより、彼らの方が詳しいのだから。

「そんな高級なポーションは、持ってないんだよ。まさか魔術師がいるとは思ってなかったから、用意してないんだ。今ここで売っていれば借金してでも買うんだけどな……。街にはあるかもしれねえが、それまで持たない。今切断しねえと命に関わる。カスリーンは見ない方がいい。下がっててくれ」

わたしは目を閉じて考える。

秘密にしているけれど、わたしは治癒（ちゆ）魔術を使える。ここで何もせずに彼の足が切断されたら、後悔しないだろうか？

「ま、待って、少しだけ待ってください」

わたしは怪我をした男性の前に跪（ひざまず）き、剣を振り上げようとするバッカーさんを止めた。

「どいてくれ」

バッカーさんが必死な声で叫ぶ。

「わたしは治癒魔術も使えます。きっと治せるはずです。もしダメだったら、そのときはごめんなさい」

少しだるくて魔力の減りを感じるけど、ギリギリ大丈夫そうだ。

よく見ると、男性の右足は骨までほとんど潰れているようで、正視するのもつらい。

でも、逃げるわけにはいかない。

わたしは一息つくと足に手をかざして、治癒魔術を発動させる。

緑の光が足を包み込んだ。

「す、すげえ」

「治ってるのか？」

「嘘だろ？」

冒険者たちが口々に声を上げる。

――身体が熱い。どんどん魔力が失われていくのがわかる。でも、まだだ。治癒魔術は光が消えるまで魔力を注がないと、完全に治すことができない。

男性の足は元の形を取り戻しはじめた。

熱かった身体が、今度は冷たくなっていく。
あっ、これって魔力切れ？ そう思った瞬間、わたしは意識を手放していた。

第二章

「カスリーン」

　ダリーの声で、はっと気がついた。

　あたりを見回すと真っ暗闇で、いつもの夢だとわかる。ダリーは心配そうな顔で、わたしを覗き込んでいた。

　さっきまで治癒魔術を使っていたはずなのに、どうしてここに？　まさかわたし、治癒魔術を使っている最中に眠ってしまったの？　あの人の怪我はどうなったの？　ほとんど治って爪先の皮膚が再生したところまでは、覚えているのだけど……

「カスリーン、大丈夫なのか？」

　いろいろと考えていたから返事ができなくて、ダリーを心配させてしまった。ダリーの眉間にシワが寄っている。

「大丈夫よ。ちょっと魔力を使いすぎたみたいで、だるいけど」

「魔力の使いすぎは危険だって教えただろ。覚えていないのか？」

確かに以前、ダリーに教えてもらったことがある。でもその頃は、どんなに魔力を使っても困ることがなかったから、ピンとこなかった。

そうか、これが魔力切れの症状なんだ。何もしたくないくらいに身体がだるい。敵と戦っているときだったら、死んじゃうかもしれない。

「うーん、これが魔力切れの症状なんだね。はじめての体験だよ」

「どうして魔力切れになるまで使ったりしたんだ？」

「山賊から身を守るために、馬車ごと防御魔術をかけて……」

治癒（ちゆ）魔術を使ったことも話そうとしたところで、ダリーに話を遮（さえぎ）られた。

「山賊だって!?　それで魔力切れになって、気を失ったのか？　大丈夫なのか？」

「多分、大丈夫だよ。冒険者の人と一緒だったし、気を失ったのは、山賊を全員捕まえた後だったから」

「冒険者？　山賊ほどではないが、危なそうじゃないか！」

冒険者は、貴族にあまりよく思われていない。山賊には元冒険者という人も多いそうだから、仕方がないかもしれない。けれど、わたしが出会った人たちはいい人ばかりだ。

「そんなことないよ。一緒にいた冒険者の人は、みんないい人だから。パックっていう子供の冒険者もいるんだけど、魔術が使えて、立派に働いてるんだよ」

わたしを見るダリーの目は、疑わしげだ。しかしダリーは、それ以上は冒険者の悪口を言わなかった。

「それで、どうして君は冒険者と一緒にいるんだい？　城を出てスーザンに会いに行くことは聞いたけど、道中の護衛に冒険者を雇ったのか？」

「わたしが冒険者を雇うの？」

そんなことまったく考えていなかった。でも山賊がいたんだから、スーザンのところへ行くのに危険があるかもしれない。

「スーザンの住む街までは、どのくらいかかるんだ？」

「馬車を乗り継いで行くの。夜は宿屋に泊まって、七日くらいかかるって言われたわ」

「すごく遠いじゃないか。まさか一人で行くつもりなのか？」

「えっと、そうだけど……？」

「はあぁぁぁーーーぁ」

思いっきりため息をつかれた。何がいけなかったのか、わからない。だってわたしは、いざとなれば魔術を使えるのだ。一人でも心配ない。

「今、魔術があるから大丈夫だ、とか思っただろ」

うっ、どうしてわかったんだろう。わたしが黙っていると、さらに呆れた顔をされた。

「この状況でそんなことを考える君は、馬鹿としか言えない。魔術は無限に使えるわけじゃない。自分が魔力切れで倒れたこと、わかっているよね。それに君は制御が上手じゃないから、限定された魔術しか使えなかっただろう。二年の間に上達したのか？」

この二年間はまったく練習していないので、上達したどころか下手になったかもしれない。わたしは首を横に振った。

「やっぱりな。ということは、君の魔術はまったく役に立たない。君が自分の身を守るために攻撃魔術を使ったら、過剰防衛になるぞ。悪いことは言わないから、目を覚ましたら護衛を雇うんだな。わかっているだろうけど、信用できる相手を選ばないと駄目だ。賊が護衛だと偽ることは、珍しくないらしいから……」

ダリーの話は延々と続く。はじめのうちこそ神妙な態度で聞いていたけれど、あまりにも長い。

あくびが出そうになったとき、誰かの声が聞こえた。身体が目覚めるとき特有の感覚に襲われる。

「あっ、誰かが呼んでいるみたい。目を覚ましそう」

決してダリーの説教から逃げるためじゃない。本当に呼ばれているのだ。

「そうか。とにかく信用できる護衛を雇うのは忘れるなよ」

「わかったわ」

ダリーの顔は寂しそうだった。毎回置いていかれる彼は、どんな気持ちでわたしを見送っているのだろう。ふと、そんなことが気になったとき、わたしの意識は現実に引き戻されたのだった。


「えっと……どなたですか？」

目を覚ますと、わたしは見知らぬ部屋のベッドに寝ていて、見知らぬ男の人に顔を覗(のぞ)き込まれていた。この人がわたしを呼んでいたみたい。

「カスリーン様、大丈夫ですか？」

はっきりと目が覚めて、わたしは慌てた。

カスリーン様？　どうしてそんなにかしこまって呼ばれているのかしら。冒険者の人たちは、わたしのことをそんな風に呼んでいなかったはずなのに。

わたしの戸惑いを察したのか、男の人は首を傾(かし)げて尋ねてくる。

「私のことを覚えていませんか？　一月(ひとつき)くらい前に診察しているのですが」

その言葉で思い出した。一晩中浴室に閉じ込められて熱を出したとき、治療をしてくれた医術の先生だった。

「ああ、あのときの先生。でもどうして先生がいらっしゃるの？」

　確か彼はバニーの知り合いで、ジュートという名前だ。ジュート先生は、わたしが皇太子の愛妾だったことを知っている。どうしよう。もしかしてみんなにも知られたのかしら。

「偶然ですよ。この街は、私とバニーの故郷なんです。たまたま里帰り中だったんですが、冒険者の方たちが医術師を探していると聞きましてね。冒険者ギルドに来たらカスリーン様が倒れていて、驚きました。どうやら、魔力切れのようですね。魔力切れを起こすと、ひどい場合は死んでしまいますよ。気をつけてくださいね」

　ジュート先生は、ダリーと同じようなことを言う。

　曾祖母が魔力切れで死んだことは知っていたのに、迂闊だった。先生の言うように、もっと気をつけなければ。

　心を改めたところで、わたしは気になったことを口にする。

「あの……わたしが治癒魔術を使ったこと、ギルドの方にバレてますか？」

　冒険者ギルドに知られると、わたしが治癒魔術の使い手だと広まってしまう可能性がある。いつか、父様にも話が伝わってしまうかもしれない。治癒魔術を人前で使わないという約束を破ったのだ。勘当されているけど、父様をこれ以上失望させたくはない。

「ああ、やっぱり治癒魔術を使ったんですね。大丈夫ですよ。あなたと一緒だった冒険者の方たちは、そのことは話してないようです。私にも、あなたは防御魔術を使っていて倒れたと言いました。治癒魔術は魔力をたくさん使うものですから、今度使うときは魔力が枯渇しないよう、十分注意してくださいね」

再び忠告されて、わたしは大きく頷く。

「あと、カスリーン様は一年前、バニーの腕を治してくださったそうですね。私は彼女の主治医でもあるので聞いたのですが、彼女に内緒にしてくれと言われたので、誰にも話していません。安心してください。……バニーははじめ、私を頼ってきたのですが、私には彼女の怪我を治す力がなかった。私は身体の状態や魔力を『見る』力を持っているだけで、治癒魔術は使えないのです。あのままだったら、彼女は腕を切断することになっていたかもしれません。本当にありがとうございました」

「いいえ、バニーは働かないと仕送りに困ると言っていましたから、わたしにできることがあってよかったです。それにしても、自分の魔力が枯渇すると思っていなかったので、驚きました。前はあのくらい魔力を使っても大丈夫だったのですが……」

「栄養失調が原因です。パックから聞きましたが、あまり食事を取っていなかったそうですね。味覚障害が出ているとも聞いています。身体が不調だと、魔力を多く消費してしまうのです」

「栄養失調……」

　確かに最近、あまり食べた記憶がない。味のない食事は嫌だったから、無理に食べようとはしていなかった。でも栄養失調だなんて、恥ずかしすぎる。

　ダリーにバレたら叱られそうだから、黙っていなくちゃ。

「それにしても、皇太子殿下の愛妾が栄養失調になるなんて、考えられないことです。子供を作るためにも、体調を万全にしておくことは大切でしょう。カスリーン様は皇太子様と同じくらい魔力をお持ちなのに、子供ができないのは、そのせいではないですか？」

　ジュート先生の言葉に驚き、わたしはガバッと上体を起こした。

「魔力は、子供ができるかできないかに関係あるのですか？」

　ジュート先生も驚いたらしく、目を丸くする。

「カスリーン様はご存じなかったのですね。私の貴族の友達がヴィライジ学院で習ったと言っていたから、間違いないですよ。貴族は平民と違って、子供ができにくいでしょう？　夫婦間の魔力の差が原因だと言っていましたね。今の皇族に子供が少ないのも、魔力の差がある女性と結婚したからだとか……。その話を聞いて、貴族は大変だなと思いましたよ。それにしてもカスリーン様は、愛妾としての教育も受けていないようですね」

先生の話は寝耳に水だった。

そして、二年前にユーリ殿下がプロポーズを撤回した理由を理解する。わたしが下級貴族の出身であることだけが理由ではなく、魔力の差があるせいで子ができにくいことも原因だったのだろう。

ユーリ殿下は皇族だから、魔力がすごく多いはず。だから、下級貴族のわたしではダメだったんだ。

——あれ？　でもジュート先生は、わたしの魔力がユーリ殿下と同じくらいあるって言ったよね？　どういうこと？

「わたしの魔力は、ユーリ殿下と同じくらいあるのですか？」

「はい。先ほども言ったように、私は魔力を『見る』ことができるので、間違いありませんよ。カスリーン様が持つ魔力はユーリ殿下と同じくらい強く、量も多いです」

ユーリ殿下の魔力が多いのは、皇族として当たり前のことだけど、わたしは貴族の中でも位の低い男爵家の娘だ。高位の貴族ほど魔力が多いはずなので、ユーリ殿下と同じくらい強くて多いと言われてもピンとこない。

「本当に、わたしの魔力は多いのですか？」

わたしが驚いて尋ねると、ジュート先生は目を丸くした。

「カスリーン様は貴族ですから、成人のときに教会で魔力の量を測られたでしょう？」

この国の貴族は、成人の儀式を教会で行うことが義務付けられている。

わたしも、男爵家の屋敷近くの教会で成人の儀式をした。そのとき、魔力測定器で測ろうとしたのだが、測定器が故障していて測れなかったのだ。

そこで、舞踏会に参加するために帝都に行った際、大きな教会で測り直すつもりだったのだけれど、いまだに測り直していない。教会に行くはずだった舞踏会の翌日から、ユーリ殿下とのことで忙しく、とても教会に行く暇などなかったのだ。

わたしはその経緯を思い出し、苦笑を浮かべて言う。

「実は測定器の故障で、測っていないのです」

「えっ？　身上書に魔力量を書くことになっているはずですよね？　それはどうしたのですか？」

デビュタントで舞踏会に出席する際、身上書の提出が必要になる。その身上書には、成人の儀式で測った魔力量を書かなければならない。

もちろんわたしも身上書を提出したのだけど、正確な魔力量の数値を記入しなかった。

「事情があって測ることができないときは、教会の方が暫定の数値を入れてくれるのです。魔力の量を多く偽ることは禁じられています。ただ、少なく書く分には、黙認されるそうで……だからわたしは、最低の数値を記入してもらいました。後で測り直したら訂正してくれるので、成人の儀式までにお金を用意できない人などは、はじめから測定せずそのシステムを利用しているそうです」

貴族にもいろいろな事情があって、貧乏な人もいる。成人の儀式を受けないと貴族として認められないが、それにはお金がかかる。

特に、この魔力測定にかかる費用が馬鹿にならない。それもあって、とりあえず低い数値を書いてもらい、お金が用意できたときに測り直す人がいるそうだ。でももちろん、低い数値を書いてもらうのにも少々のお金は必要なわけで……貴族というのも、結構大変なのだ。

事情を聞いて、ジュート先生は唸る。

「ふぅむ……おそらくですが、カスリーン様の魔力を測った測定器は故障していたのではなく、カスリーン様の魔力が多すぎて測定不能だったのではないですか？　男爵様はそれに気づかれたから、帝都で測るとおっしゃったのでしょう。帝都にある教会の魔力測定器は、皇族の方も利用されていますから、魔力の量が多くても測れます。地方にある測定器は、下級貴族の魔力量を測定するためのものなので、魔力が多い人には対応できないのだそうです」

じゃあ、わたしは帝都の教会でないと、正確な魔力量を測定できないということか。

自分の魔力量が気にならないと言ったら嘘になるけれど、知らないからといって困るものでもない。

「魔力量については、必要だと思ったときに測り直します」

わたしの結論に、ジュート先生は頷く。そして小さく首を傾げた。

「ところでカスリーン様はなぜ冒険者と一緒に馬車に乗っていたのですか？　ご帰省ですか？」

鋭い質問にギクッとする。なんと答えよう。悩んだが、隠す必要はないだろうと本当のことを話すことにした。

「ユーリ殿下が正妃を持つ話が決まりそうなので、別れることにしました。それでこっそり城を出てきたんです。あっ、もし殿下がわたしを捜しているという話を聞いても、会ったことは秘密にしていただけると嬉しいです」

ジュート先生は少しだけ驚いた顔をしたが、なぜか納得したように頷いている。

「そうですか。それはいい判断です。バニーもきっと喜ぶことでしょう」

「バニーが喜ぶんですか？」

「はい。バニーからいじめの話を聞いていたんです。彼女はいつもカスリーン様のことを心配していました。下っ端の侍女なので、表立って手助けすることはできなかったようですが、少しでも食べられるものをと自分の食事の中から融通していたのですよ」

バニーのことをそっけない侍女のように思っていたけど、わたしのことを考えてくれていたと知って温かな気持ちになった。

「まあ、そうだったのですか。わたし、バニーにも何も言わずに出てきてしまったんです。もしかしたら心配をかけているかもしれませんね。バニーに会ったら、謝っていたと伝えてください」

「わかりました。……あの、先ほどから気になっていたのですが、カスリーン様は皇弟殿下のご子息を治療できなかったのですか?」

突然の話題転換にびっくりしつつ、わたしは記憶を呼び起こす。

皇弟殿下の子息の話は、ユーリ殿下から聞いたことがある。殿下にとって従弟にあたり、ダリウス様というらしい。

「治療どころか、お会いしたこともありません。病弱で、十歳の頃から表舞台に出ていないと聞いたことがありますが。そういえば……殿下は何度か、『彼の病が治れば、すべてがよき方向に進むのに』と言っていました」

ダリウス様は子供の頃からとても賢く、魔術の腕も際立っていたらしい。ダリウス様はユーリ殿下の二歳年下の二十四歳。年が近いこともあり、実の兄弟のように仲がいいと言っていた。

「そうですか。あなたほどの治癒魔術の使い手でも、彼の病気を治せなかったのかと思ったのですが……会われたことすらなかったのですね」

「ダリウス様は皇弟殿下のご子息ですから、わたしなんかより腕の立つ治癒魔術の使い手に診てもらっていると思いますよ。それでも治らないのですから、わたしには何もできません」

「そんな――」

ジュート先生は何か言いかけたが、そのまま口を閉じた。そして何度か首を横に振り、苦笑する。

「なんでもありません。では、外で待っている人を呼んできましょうね。きっと待ちくたびれていますよ」

ジュート先生が話を途中でやめたことが気になったけど、問いかける前に、彼は扉を開けてしまった。

部屋に入ってきたのは、冒険者のバッカーさんとパックだった。パックはわたしが寝ているベッドに駆け寄ってくる。

「お姉ちゃん、大丈夫、大丈夫？」

「大丈夫よ」

パックの頭を撫でながら言うと、彼はビックリした顔でわたしを見た。

「黒髪なのに、触るの嫌じゃないの？」

「えっ？　珍しいとは思うけど、嫌じゃないわよ。サラサラしているわね」

黒髪と黒い瞳はダリーを思い出すから、むしろ好きだ。

「ああ。洗わないと黒くて暗い髪が余計に汚く見えるって母さんに言われてたから、毎日洗ってるんだ」

「黒くて暗いって……こんなに綺麗なのに」

ダリーの黒髪も綺麗だと思っていたけれど、触ることができなかった。絶好の機会だと、思う存分パックの髪を触る。

わたしが満足して手を離すと、彼は髪を整えながら言った。

「お姉ちゃんってやっぱり変わってる」

変わっていると言われたのははじめてだ。……絶対に、褒め言葉じゃないよね。そう思ったけど、ツッコむのはやめた。そのかわり、バッカーさんに気になっていたことを

尋ねる。

「ところで、あの人の足は治りましたか？　わたしが魔力切れになったせいで治癒（ちゆ）魔術が途中だと思いますが、大丈夫でしたか？」

「おう、カスリーンのおかげでピンピンしているさ。これでまだまだ働けるって、喜んでるよ。あー、それでだな」

　バッカーさんは、申し訳なさそうな表情を浮かべた。

「はい、なんでしょう」

「あいつの治療費なんだが、しばらく待ってもらえないか。高度な魔術だったし、どのくらいの費用を払えばいいのかもよくわからない。だが、どんなに高額でも踏み倒すやつじゃないことは、俺が保証する。何せあいつが今ここにいないのも、治療費を稼ぐって働きに行ったからなんだ」

「えっ、治療費って……一緒に戦った仲間なんですから、いりませんよ。冒険者の人たちはそういうものなんでしょう？　交通費として魔術を使う約束でしたし」

「冒険者同士はそういうものだが、カスリーンは違う。交通費がわりに使ってもらったのは、防御魔術。治癒（ちゆ）魔術はまた別の話だ」

　バッカーさんは真面目な人なのだろう。でもわたしは、彼らを仲間だと思っているから助けたのだ。そんな水臭いことを言わないでほしい。

わたしが困っていると、ジュート先生は口を開いた。

「こうしたらどうですか？　カスリーン様は、これからどこかに行くのですよね。でも、護衛はつけていらっしゃらないのでしょう？　一人で行くのは危険だと思います。だからその助けた方に護衛を頼むのはいかがですか？」

ジュート先生が妥協案を出してくれた。これは助かる。しかし、わたしは護衛だったらパックに頼みたい。

「護衛を頼むというのは願ってもないのですが、せっかくならパックにお願いできないでしょうか？　その護衛費をわたしのかわりに払ってもらうのはダメですか？」

バッカーさんは「その程度の額では安すぎる」と言うが、それは聞き流す。

パックはどうだろう。わたしの護衛になってくれるかしら。

「僕、駆け出しの冒険者だけど、いいの？」

パックがわたしをうかがうように見る。彼はわたしよりしっかりしていると思う。この子と一緒なら、スーザンのいる街まで無事に行けそうだ。

わたしは大きく頷（うなず）いて、彼に笑いかける。

「わたしは知らないことが多いから、迷惑をかけるかもしれないけど、よろしくね」

こうしてパックと二人で、スーザンのいる街まで行くことが決まったのだった。

その夜も夢の中でダリーに会った。顔を合わせた瞬間に「護衛は見つかったか」と聞かれたので、パックを雇ったことを話す。

ダリーにはこの前パックのことを話してあった。パックが子供だということを覚えていたらしく、ダリーは顔を歪める。

「どうして子供を護衛にしたんだ？」

「パックは子供だけど魔術を少し使えるし、なんでも知ってるのよ。パックのことは信用できるから。それにね、パックは黒髪に黒い瞳なの。昔のダリーを思い出すわ」

「パックは黒髪なのか？」

ダリーは驚いたように言う。

「そうよ。わたしの国では珍しいのよ。きっと苦労してると思う。それなのに、栄養失調になったわたしのことを、とても心配してくれているの」

「栄養失調ってなんのことかな？」

しまった！　言うつもりがなかったことまで、ベラベラと話していた。

「な、なんのことかな？」

「カスリーン！」

ダリーに睨まれて、わたしはすべてを話すしかなくなった。『隠し事は許しません』オーラがすごかったのだ。

話し終えると、ダリーはため息をついた。

「まさか、そんなことがあったなんて……。殿下は何をしてたんだ？」

「殿下が何かをしたわけじゃないのよ」

「部下がしたことは、上の者の責任だ。それにカスリーンは殿下の愛妾だったのだから、殿下が守らなければいけない。彼が行ったことではない、知らなかったから仕方がない、では済まないよ。まったくあいつは……」

ん？　まるで、ダリーはユーリ殿下のことを知っているみたいな口調だ。

「ダリーはユーリ殿下のことを知ってるの？」

「……彼は有名だから、知らない人はいないと思うよ。それに、カスリーンが話してくれたじゃないか」

確かに殿下は有名人だし、わたしも彼の話をした。でもそういうことではなく、ダリーはもっと身近な人として殿下を知っているような感じがしたんだけど……気のせいかな？

その後、わたしがこれから泊まることになる街を告げると、ダリーはその街について詳しく教えてくれた。彼はいったい、どこでその情報を得たのだろう。

気になったものの、聞けないまま目が覚めてしまった。

一人で泊まった宿屋で朝食を食べながら、わたしは昨夜見た夢の中のダリーについて考えた。

ダリーがわたしの脳内の妄想ならば、わたしが知らないことを知るはずがない。

だからやっぱり、ダリーはわたしの妄想ではなく実在するのだ。そしてわたしたちは、なぜか夢の中で会うことができる。これは間違いないと思う。

わたしは、ダリーを見つけ出そうと決意を新たにした。今日からパックと二人で旅をすることになるのだから、彼にもタイミングを見て、ダリーのことを話さないといけないな。

朝食を終えると、わたしは少し早めに宿屋を出た。

冒険者ギルドに泊まったパックと、馬車乗り場で待ち合わせている。そこに着くと、パックはすでにわたしを待っていた。しかも、ジュート先生とバッカーさんが見送りに来てくれている。

それから、乗合馬車の到着を待つ間、今後の旅の間のわたしたちの設定について相談した。

バッカーさんは、わたしとパックを見比べて唸る。

「うーん……カスリーンとパックは顔つきが似ていないし、髪の色も違うから、姉弟っていう設定は無理だな。どう見ても、お嬢様と従者ってところか。そういう話でいこう。後は、貴族の娘が乗合馬車に乗るのは変だから、裕福な商人の娘で通すといい。カスリーンは悪い男に追われてるんだろ？　とにかく、早く出発しないとな」

悪い男って、もしかして殿下のこと？　なんだか誤解されている。

ジュート先生に視線を向けると、彼は苦笑を浮かべていた。

よくわからないけど、バッカーさんに話を合わせておく。

わたしがバッカーさんと話している隣で、ジュート先生はパックに、お金がかかっても確実に安全な宿を選んで泊まるようにと言っていた。それとわたしについては、少量でも何回かに分けて必ず食事を取らせること。そして食後に、処方した栄養失調に効く薬を必ず呑ませるように、と念を押している。

わたしがいるのに、ジュート先生はパックに言い聞かせているので、思わず声を上げた。

「わたし、子供じゃないから自分でできます」

その言葉に、二人からは呆れた目を向けられる。『どの口が言う』と言いたいのだろう。わたしの自己管理がなっていなかったのは間違いない。それ以上は何も言えず、わたしはパックと一緒に黙って注意事項を聞いたのだった。


乗合馬車にはたくさんの客が乗っていて、ガヤガヤと騒がしかった。

揺れはひどいけれど、パックが前もって用意してくれた敷物のおかげで快適だ。その敷物はちょうどわたしが座れるくらいの大きさで、綿が入っているのか、少しだけクッションの効果もある。パック様々だよ。

「カスリーン様は悪い男から逃げてるんですよね。どんな男なんですか?」

一応従者という設定になっているパックは、わたしのことをお姉ちゃんと呼ぶのはやめ、丁寧な言葉遣いにしたようだ。

パックの言葉に、わたしは冷や汗を流した。この場合の悪い男って、ユーリ殿下のことよね。なんて答えたらいいのだろうか?

「そうねぇ。お金持ちではあるわ。容姿も抜群にいい。それに優しいし、帝都の若い娘はみんな彼に夢中なのよ」

帝都を離れるときに見たユーリ殿下の姿を思い出しながら、わたしは話す。たくさんの若い娘が、彼に声をかけていた。

「それってまるで、皇太子様ですね。惚れた欲目もここまでくると……って、もしかしてカスリーン様は、その男のことがまだ好きなんですか？」

「うーん……今はもう、好きとは違う気持ちね。恨んだり嫌ったりはしていないけど、過去の人って感じ」

「そうなんですか。でも好きで二年間一緒にいたのに逃げるくらいだから、理由があったんですよね」

「彼の結婚が決まりそうなの。だからずるずると一緒にいない方がいいと思って」

わたしがそう言った瞬間、なぜか馬車の中がシーンと静まった。

あれ？　もしかして、わたしたちの会話、馬車に乗っているみんなに聞かれていた？

戸惑うわたしをよそに、パックは急にプンプン怒り出した。

「そんなやつ、全然いい男じゃない！　優しい人だってカスリーン様は言うけど、そういうやつは優柔不断なだけなんだよ！」

パックは素の言葉遣いに戻るほど怒っている。彼の言葉に便乗するように、周囲の人が声をかけてきた。

「そうだよ。二年も付き合ってた女じゃなく、他の女と結婚しようとする男は捨てられて当然さ」

「優しくてお金持ちでも、そんな男は最低だ。お嬢さんも男を見る目がなかったなあ」

周りにいる人が、次々とわたしたちの会話に入ってくる。貴族社会ではあり得ないことだ。

わたしはどう答えたらいいのかわからず、目を白黒させてパックを見た。パックも困っているらしく、わたしたちは仕方なく口を噤む。

今度から、話をするときには周りに人がいることを意識しよう。


パックとの旅をはじめて三日目。旅はとても順調に進んでいる。

新しい街に到着すると、パックは楽しそうに話しはじめた。

「この街には一度来たことがあるんです。ここは美味しいものが多いですよ。しかも僕たち冒険者でも気軽に買える値段、なんだ……あっ、えっと」

パックが言葉に詰まる。これはよくあることだ。従者という設定だから丁寧に話さなければ、と思えば思うほど、丁寧な言葉が出てこなくなるらしい。

わたしは砕けた言葉遣いでも構わないと言ったのだが、ジュート先生にくれぐれも気をつけるようにと言われたそうだ。

様子をうかがうようにわたしを見るパックに、話の続きを促（うなが）す。

「うんうん、わかったわよ。それで今夜は何を食べに行くの？」

パックはホッとした表情を浮かべ、再び口を開く。

「ヤギの乳を使ったグラタンとリゾットの、美味（おい）しい店があるんです。甘みとコクがあって、他の店の料理とは一味違います。それと、そこのガーリックブレッドも絶品なんですよ」

パックははじめ、『美味（おい）しい』という言葉を使おうとしなかった。味がわからないわたしに、遠慮していたのだと思う。

だからわたしは、味はパックが感じた通りに教えてほしいとお願いした。不味（まず）いものは不味（まず）い、美味（おい）しいものは美味（おい）しいと、味がわからないからこそ伝えてほしい、と。

それからパックは、どう美味（おい）しいかを自分なりに工夫しながら説明してくれるようになった。

しばらくしてお店に着くと、パックがオススメの品を注文した。グラタンとリゾット、ガーリックブレッドに鶏肉（とりにく）のハーブ焼きと、結構な品数だ。

わたしはまだそんなに食べられないので、小皿に少しずつ取って食べはじめる。

パックはモリモリ食べつつ、話しかけてきた。

「このままいくと、あと三日で到着できそうですね」

「長旅で大変だけれど、はじめての街をたくさん訪れることができて楽しいわ」

今まで見たことのないものを見るのは、とても楽しい。同じ食べ物でも、その土地によって料理の仕方が違う。これで味がわかればもっと楽しいだろうと思うけど、食べたことのないものを口に入れられるだけでも得難い経験だ、と考えることにした。

城にいたら、絶対に経験できなかったことだ。庶民の暮らしや冒険者の暮らしを、わたしは本で知識として得ていた。

けれどそれは、知った気になっていただけだと、この旅をはじめて思い知った。

この国では撤廃されたが、他国にはまだ奴隷制度が残っているところもある。そういう国に売るため、この国にも人攫いや人買いがいるらしい。

その話をパックに聞いて、わたしは飛び上がりそうなほど驚いた。パックは、わたしが知らない人にもフラフラとついていきそうで不安だったので、話してくれたようだ。

怖いこともあるものだと思いながらと水を飲むと、パックが声を上げる。

「あっ、フードが取れそうですよ」

わたしは慌ててフードを直す。パックの言いつけで、安全のためにマントについたフードを被っていたのだ。食事中にフードを被るのはあまり好きではないけれど、仕方ない。

パックはほっと息をつき、困ったような口調で言う。

「この街は治安がいいって聞いてたんだけど……さっきこの店の人が、ここ数日で女の人や子供が何人か攫われてるって言ってたんです。だから、気をつけてくださいね」

「それじゃあ、パックも危ないでしょう。気をつけないといけないわね」

「僕は大丈夫。こう見えて冒険者なんだから、自分の身は自分で守れるよ……じゃない……守れますよ」

確かにパックは、普通の子供に比べたら強い。とはいえ、人を攫うような人たちが腕っぷしだけの真っ向勝負を仕掛けてくるとは思えない。不意打ちで襲われる可能性もある。

わたしは急にパックのことが心配になった。そんな気持ちが顔に出ていたのだろう、パックは苦笑して言う。

「心配そうな顔をしなくても、僕は大丈夫。黒髪は高く売れないから、狙われにくいんです。それより、カスリーン様の髪色は狙われやすいので、気をつけて。絶対に見られないようにしてください」

「銀髪は珍しくないのに、狙われやすいの？」

「銀髪は黒髪より多いとはいえ、ありふれた色ではないんです。それにカスリーン様の髪はキラキラしていて、ただの銀髪とは違う。目立って仕方がないんですよ。とにかく、フードだけは取らないでください」

パックに再度注意されて、わたしは銀髪が見えないようにフードを深く被り直す。わたしは先ほどの話で、一人で行動することの危険を改めて感じた。

そこで、夢で出会ったダリーについて、そして彼を捜したいと思っていることについて話すことにした。

パックとの契約は、スーザンのところへ行くまでになっている。でもその後、ダリー捜しに協力してもらえないかと考えていた。宝石を売ったから、パックを雇うお金はある。

「あのね、パック。信じがたい内容だとは思うんだけど、聞いてほしい話があるの――」

わたしがダリーのことを話しはじめると、パックは真剣に聞いてくれた。荒唐無稽な話なのに、信じてくれているようだ。

ダリーについて話し終えたところで、パックは続きがあることを察したらしく、尋ねてくる。

「それでカスリーン様は、そのダリーって人を捜すんですか？」

「うん、そのつもり。どうしていつも夢の中で会うのか、気になるの。もし病で苦しんでいるのなら助けたいのよ」

スーザンに会った後は、彼を捜すつもりだ。何しろ五歳のときからずっと夢で会っていた彼が病気かもしれないのだから、気になって仕方がない。

「でも、彼がどこにいるのか、まるでわからないんですよね？」

「そうなんだけど……一度だけ、真っ暗闇じゃないところにいるダリーの夢を見たことがあるの。今まで深く考えたことがなかったんだけど、あの夢には意味がある気がする。ダリーは十歳くらいの姿で、どこかの部屋のベッドで眠っていてね。すごく立派な部屋だったから、貴族や皇族のような身分の高い人の家だと思う。多分、この国の人じゃないんじゃないかな」

パックはわたしの話を聞いて、腕を組んで首を傾げる。

「どうしてこの国の人じゃないって思うんですか？」

「だってダリーは黒髪で黒い瞳をしている男性なの。この国の貴族には、いないでしょ」

「一人だけいます。ダリウス様がそうですよね」

パックに指摘されてハッとした。

ダリウス様は皇弟殿下のご子息で、黒い髪と黒い瞳を持つと、ずっと昔にスーザンから聞いたことがある。

皇弟殿下は隣のクローディア王国の王女と結婚した。クローディア王国の王族は黒髪で有名だ。

すっかり忘れていた。

「ダリウスだからダリーって呼ばれていても変じゃないし、ダリウス様が夢の中の人なんじゃないですか？」

そういえば、ダリウス様は病弱だという。夢で見たダリーもベッドで眠っていたから、共通点が多い。

ただ、相手は皇弟であるギャレット・ウェルズリー公爵様のご子息だ。会うことができるかはわからない。

「スーザンに会ってから、ダリウス様に会いに行ってみるわ。そうね……わたしの治癒魔術を理由に。きっとわたしよりも優秀な魔術師がすでに診ているでしょうけれど、なんらかの効果があるかもしれないし」

殿下のところから逃げ出したのに、彼の従弟に会いに行くのは非常識だと思う。

でも会って確かめたいし、ダリウス様の病気についても気になる。何も行動しないことは難しい。

そのときにふと、ダリーがユーリ殿下のことを知っているような口調で話していたことを思い出す。従兄弟同士なら、それも納得だ。……やっぱり、ダリーがダリウス様だという可能性は高い。

「うーん、そんなに簡単に会えないと思いますよ」

「公爵家の方だものね。確かに無理かもしれないわ」

　そんな話をしながら、わたしたちは食事を終え、料理屋を後にする。そして、この街で一番安全と言われる宿屋に向かいはじめた。


　──気がついたら、見慣れた真っ暗闇の夢の中にいた。

　あれ？　パックと宿屋まで一緒に歩いていたはずなのに。どうしてわたし、夢の中にいるの？　まさか、寝てしまったの？

　戸惑っていると、そばにダリーがいることに気がついた。

「まだ早い時間なのに、眠るなんて珍しいね」

　ダリーは笑って、そんなことを言う。最近は笑顔も多くなった。

　さっきパックと話したことを聞こうか迷った。ダリーはダリウス様なのか、と一言聞けばいい。

　その言葉は喉元(のどもと)まで出かかっているのに、わたしは声に出すことができない。

　もしそれが真実だとしても、ダリーはきっと知られたくないのだ。知られても構わないのならば、自分の名前をフルネームで教えてくれたはず。それをしないのだから、何か理由があるのだろう。

わたしは問いかけるのをやめ、彼の言葉に応じた。

「うたた寝でもしてると思ってるんでしょ。でも違うのよ。だってさっきまでパックと一緒に歩いていたんだから。どうしてここに来たのかしら」

わたしがそう言うと、ダリーは驚いた顔になる。

「そ、それはかなりやばい状態なんじゃないか？　今すぐ目を覚ました方がいい」

「せっかくここに来たのに、もう帰れって言うの？　もう少ししてから起きるわ」

わがままを言うつもりじゃなかった。ただ、来たばかりなのに追い返そうとするから、反抗しただけだ。でもダリーは許してくれなかった。

「馬鹿！　何のんきなことを言ってるんだ。とにかく目を覚ませ。そしてどうしようもないときは、攻撃魔術を使うんだ」

この前は過剰防衛になるから攻撃魔術は使うなって言っていたのに。

「でもあれを使うと、相手は灰になるかもしれないのよ」

「私が許可する。どうしようもないときは使っていい。そのかわり、思いっきりやれ。証拠が残ってなければ、いくらでも誤魔化せる」

ダリーって、こういうことを言う人だったの？　もっとこう、法や規則は絶対に守る人だと思ってた。

「なんか……ダリーって父様に似てる。父様も、わたしが攫われたりしたときは、攻撃魔術を使ってもいいって言ってた。もしそれで捕まっても助けてくれるって、一緒に逃げればいいって……」

父様はわたしが何をしても許してくれると思っていた。だから皇太子の愛妾になったときに勘当されて、本当にショックだった。

「君の父親とは気が合いそうだ。君は父親に愛されてるね」

えっ？　それってどういう意味？

尋ねたかったけれど、時間切れだ。誰かがわたしを呼んでいる声が聞こえて、目が覚めるときの感覚になる。

わたしが焦るのを見て、ダリーはホッとしたような顔をする。目を覚ますのがわかったみたいだ。

もっと詳しく聞きたかったのに……どうしていつも邪魔が入るのかなあ。

「カスリーン様、大丈夫ですか？」

わたしを呼んでいたのはパックだった。

わたしは起き上がろうとして、足も手も自由に動かせないことに気づいた。どうも縄のようなもので縛られているみたいだ。

「起きたんですね。よかったぁ」

こんな芋虫そっくりの格好にされて、全然よくない。

そう思ったが、目に涙を浮かべたパックの顔を見て、口を閉じた。どうやらかなり心配をかけたらしい。

「ここはどこなの？」

あたりは暗くて、よく見えない。

「馬車の中みたいです」

そう言われて、床がかなり揺れていることに気がついた。

それにしても、どうしてこんな状況に陥ったのだろう。よく見ると、パックもわたしと同じように手足を縄で縛られている。

「食堂を出たところで、魔術を使われたらしいです。僕がついていながら、すみません。まさか人気の多い往来でこんなに大胆に人攫いをする者がいるなんて、思わなかったんです」

「魔術？　まるで気づかなかったけど、何の魔術を使われたのかしら」

「急激に眠くなったので催眠魔術じゃないかと思います」

催眠魔術は遠くからでもかけられるから、気づかなかったのも無理はない。

「困ったわね。それにしても、どうしてわたしたちしかこの馬車に乗ってないのかしら」

「ただの人攫いじゃないのかもしれません」

パックもおかしいと気づいているようだ。

普通の人攫いだったら、二人しか攫わないなんて非効率的な商売はしない。商品となる人数は多い方が金になる。それなのに、馬車に乗っているのはわたしたちだけ。

おまけに魔術を使える人間を雇うには、大金が必要なはず。ただの人攫いが、大金を払って魔術師を雇うとは思えない。そんなことをしたら、儲けはほとんど出ないだろう。

わたしが人攫いについて考えを巡らせていると、パックは「ねぇ」と声をかけてきた。

「カスリーン様の防御魔術で僕たち二人を囲えませんか？　その結界で人攫いを撥ね退けるんです」

「……パック。わたしの防御魔術、見たことあるよね」

「はい。とても広い範囲を防御できて、何者も寄せつけないすごい魔術でした」

パックはわたしの魔術の素晴らしさを、尊敬の眼差しで語ってくれる。

「そうなのよ。わたしの魔術は、広い範囲にしか使えないの。小さな魔術は制御が難しくて失敗してしまう」

「えっ？」

「たとえ今使ったとしても、馬車や人攫いごと防御することしかできない。意味がないわ」

パックの顔に落胆の色が浮かぶ。でも嘘はつけない。わたしにはこの状況を変えるような魔術は使えない。

「まぁ、いざとなれば、攻撃魔術も使えるから」

「いざとなれば？」

「わたしが魔力を制御できないせいで、威力が強くなっちゃうの。父様からは、くれぐれも自分の身に何かあったときにだけ使うように、と言われているわ。下手をすると、わたし以外をみんな灰にしてしまうから、と……」

「えっ？　それって僕も？」

パックが心配そうな顔で聞く。わたしは彼から目を逸らした。

「大丈夫よ。……多分」

正直なところ、本当に大丈夫かはわからない。魔術を練習していたとき、わたしの隣にいた父は防御魔術で自分のことを守っていた。防御魔術を使えないパックの無事は、定かではないのだ。

「そ、そうですか……。攻撃魔術は最後の手段にしましょう」

パックはプルプルと震えている。

その反応を見て、男爵家の侍女のことを思い出した。

わたしが愛妾になるとき、父様は縁を切ると言いながらも、男爵家の侍女をわたしにつけようとしてくれた。ただ誰もが、わたしについてくるのを嫌がった。それは勘当された男爵家の娘についていくのが嫌だっただけでなく、わたしの攻撃魔術を恐れていたからだと思う。

父様はわたしの魔術のことを公にしなかった。しかしわたしが男爵家の敷地内で魔術を練習するから、使用人はみんな、わたしが攻撃魔術を使えると知っていた。わたしが魔力を制御しきれないことも……。

男爵家の中では父様の防御魔術があるから大丈夫だったけれど、城に行ってしまえばそうはいかない。もし万が一、城内でわたしが粗相をしたら、一緒に処刑されるかもしれない。だから、侍女はわたしについてこなかった。

そこで、パックもわたしといることを嫌がるんじゃないか、と気がついた。ここで助かっても、もう一緒に旅をしてくれないかもしれない。こんな状況なのに、パックに嫌われたかもしれないことの方が怖かった。

けれどパックはあまり気にしたふうではなく、自分の手足の拘束を外そうとしている。彼はしばらくして、諦めたように言った。

「はぁ、無理だな。どうも普通の人攫(ひとさら)いと違うみたいだ。関節を外しても拘束を解けないし、お姉ちゃんの家が関係してるんじゃない？」

疲れたのか、言葉遣いが荒っぽくなっている。わたし個人としては、パックがどんな言葉遣いでも構わないのだが。そのことには触れず、パックの言葉に応じる。

「うーん。でもわたしは家とは縁を切られているの。それにもし父様がわたしを捕まえたのだとしても、拘束なんてしないと思う」

一瞬だけユーリ殿下の顔が頭に浮かんだけれど、彼だってこんなことはしないだろう。

わたしの言葉に、パックは唸(うな)る。

「馬車の隙間から『遠目(とおめ)』で見たら、この馬車の周りを騎士っぽい人が囲んでるんだ。ただの人攫(ひとさら)いとは思えないよね」

騎士っぽい人？　それなら、命は助けてもらえるのだろうか？　いや、かえって危ないかもしれない。この拘束をパックが外せないのも、魔術をかけられた道具を使われているからだとしたら……

でもいったいなぜ、わたしたちを拘束するのだろう。

「パックが原因ってことはないの？」

パックは冒険者なんだから、貴族と揉め事があってもおかしくない。だがパックは首を横に振った。

「それは絶対にない。貴族と関わったのは、お姉ちゃんがはじめてだから」

そうなると、わたしが狙われてるということかしら。

ユーリ殿下に対する脅し？　ううん。それはない。

わたしは殿下が一時の気まぐれで愛妾にした女だと思われていた。殿下は、政治的な意味でわたしが狙われないようにするため、周りにそう見せているのだと言っていたけど――

殿下にとってわたしが大事な存在でなかったのは、偽装ではなかった。二年も殿下の本心に気づかなかったんだから、わたしも馬鹿だったと思う。

「この先に屋敷があるみたいだ。あれ？　ここって……」

パックは馬車の隙間から『遠目』を使い、驚いた顔になる。わたしも隙間から覗いてみるけど、屋敷なんてちっとも見えない。延々と続く道が見えるだけだった。

しばらくして、馬車が停まる。門が開くような音がして、また馬車が動き出した。この道は整備されているのか、揺れが穏やかだった。

「どなたの屋敷かわかる？」

「正確な時間はわからないけど、今は昼間だから、眠らされて一日も経ってないと思う。あの街から馬車で一日以内で行けるこんな大きなお屋敷って……公爵様のお屋敷じゃないかな。それにあの紋章。間違いないよ」

パックの言う紋章は、門のところに彫ってあった。あれは夢の中でダリーが眠っていた部屋にあった刺繍（ししゅう）の柄とよく似ている。

やっぱり、ダリーはダリウス様なの？　それならわたしは、ダリウス様に攫（さら）われたということ？

ううん、そんなはずはない。だってダリーは攻撃魔術を使っていいと言っていた。自分が犯人なら、そんなことを言うわけがない。

「公爵って、皇弟殿下のギャレット・ウェルズリー公爵様？」

わたしが尋ねると、パックは頷（うなず）いた。

昨日話した公爵様の屋敷だ。自分たちから訪ねる予定だったのに、連れてこられたようだ。

「もしかしてお姉ちゃんの夢の相手って、本当にダリウス様だったのかな」

もしダリーがダリウス様だったとしても、この攫（さら）い方はおかしい。わたしもパックも縄で括られて転がされているのだ。それに、さっきのダリーの反応を考えると、違うと思う。

「これはわたしの夢とは関係ないんじゃないかな。とにかく落ち着こう。何があっても冷静に対処しないと」

わたしの言葉に、パックはうんうんと頷いた。

それにしても、誘拐を指示したのはウェルズリー公爵様なのだろうか？　もし公爵様の指示だとして、目的はなんだろう？

そう考えていたところ、馬車が停まった。けれど誰も来ない。パックも不安そうな顔でわたしを見ている。

しばらくして、馬車の外から声をかけられた。

「おい、出ろ」

足を拘束されているのに出ろと言われても、出られるわけがない。

「足を括られているから無理です」

パックが大きな声を出す。

「冒険者だと言うから、そのくらいもう外してるかと思ったよ」

馬鹿にしたような声だ。しかも、それを聞いて笑う別の男の声までした。パックは悔しそうな顔で俯いた。わたしは苛立ちをぐっとこらえる。

二人の騎士が馬車に入ってきて、わたしたちの足の拘束だけを外す。そのとき、わたしはふくらはぎをさすられた。

「冒険者なのに綺麗な足をしてるじゃないか」

その言葉に、わたしは騎士を灰にしたくなる。けれど、そばにいるパックまで巻き込みかねないと気がついて、なんとか我慢した。

それにしても、この人たちは本当に騎士なのだろうか？　そこらにいるゴロツキと変わらないような気がする。

「ほら、早く歩け。公爵様がお待ちかねだ」

「そうそう、お前たちが公爵様に会えるなんて、光栄なことなんだからな」

せっつかれながら馬車を降り、屋敷へ向かって歩く。パックへの扱いはわたしに対するもの以上にひどい。歩くのが遅いと蹴られ、急いで歩くと今度は速すぎると小突かれる。

わたしが文句を言うべく口を開きかけると、パックに止められた。

「大丈夫だから」

そう言われては、口を閉じるしかない。

柄の悪い騎士は二人だ。その柄の悪い騎士たちを、他の騎士は苦々しい表情で見ているものの、何もしない。

奇妙な様子に首を傾げながら、屋敷に入り、奥へ進んでいく。途中で窓の外を覗くと、見渡す限り森が広がっていた。その景色はダリーの夢で見たものと似ている。

窓の外を気にしながらさらに歩き、とある部屋に通された。

その部屋にはソファがあったが、わたしとパックは床に転がされた。騎士は壁に並んで立っている。なぜここへ呼ばれたか、説明してくれそうもない。

やがて、ドアが開いて誰かが入ってきた。騎士たちが緊張したのがわかる。きっと偉い人——公爵様だろう。

「この二人か？」

「はい。間違いありません」

わたしは転がされたまま俯き、様子をうかがった。

「顔が見えない。フードを取りなさい」

公爵様からの命令で、騎士たちがわたしたちのフードを取る。

すると、ハッと息を呑む音が聞こえた。

「その髪は、まさかカスリーン嬢か？　ヴィッツレーベン男爵の御令嬢の……」

名前を呼ばれるとは思わず、わたしは驚いて顔を上げる。仕立てのいい服を着た壮年の男性――公爵様は驚いた顔でわたしを見た。

「やはり……なぜカスリーン嬢がここにいる。殿下もご一緒なのか？」

わたしは公爵様の目を見ながら答える。

「いえ、わたしは友人に会いに行く途中で、殿下とは一緒ではありません。まさか誘拐に遭うなんて、思ってもいませんでした。誘拐の指示を出したのは、公爵様ですか？それに、公爵様とは初対面ですよね。どうしてわたしをご存じなのですか？」

公爵様は一瞬だけ怯んだが、ふふっと笑う。

「いかにも、誘拐は私の指示だ。ただ、君を狙っていたわけではない。私たちは初対面だが、皇太子殿下の愛妾の絵姿くらい確認している。まさか君にこうして会うことができるとは。神に感謝しなければならないな」

「えっ!?　皇太子殿下の愛妾!?」

パックは公爵様の言葉に驚き、わたしに目をやる。もう隠すことはできず、わたしは彼に頷きかけた。

それにしても公爵様は、わたしと会いたかったのだろうか？　接点もないのに、理由がわからない。

「どうしてこんな人攫いのような真似をしたのですか？　その上、扱いがひどくないでしょうか？」

「いや、これは相手が冒険者だと聞いていたからだ。君だと知っていたら、このような扱いはしなかった」

パックや騎士たちが戸惑っているのがわかる。わたしと公爵様が気軽に話をしているのが解せないのだろう。

「わたしたちはまだ、ここに転がっていないといけないのでしょうか？」

「これはすまないことをした。こちらに座ってくれたまえ。お茶を用意しよう」

公爵様がベルを二回鳴らすと、メイドが現れてお茶の用意をする。さらに彼は騎士たちに命じて、わたしとパックの手の拘束を解かせた。

わたしはパックの手を握って立たせ、一緒にソファに座る。

ただ、さっきのゴロツキのような二人の騎士は、苦々しい表情でわたしたちを睨んでいた。

お茶の準備が終わると、公爵様は騎士たちを見て言った。

「本題に入る前に片付けておく方がよさそうだな」

公爵様は目だけで騎士を動かすことができるらしい。具体的な指示を出していないのに、柄の悪い二人の騎士は他の騎士たちに取り押さえられてしまう。

二人の騎士は慌てふためいた。

「ど、どういうことだ？」

「俺らはもう用なしってことか？　おい、何をするんだ！　離せ！」

男たちは口々に文句を言っていたが、そのまま引きずられて部屋から出ていった。

「彼らは君たちが捕らえた山賊のお仲間だ。取りこぼしがあったようだな。まあそのおかげで、私は有力な情報を手に入れることができたわけだが」

「有力な情報ですか？」

「そうだ。彼らは君が治癒魔術を使うところを見て、それを私に知らせに来た。私が息子のために治癒魔術の使い手を探しているのは、有名な話だからな。本来なら、あの者たちを騎士になどしたくなかったが、その情報と引き換えだと言うので、騎士にして他の者たちと一緒に今回の任務に当たらせた。まさか治癒魔術を使ったのが、君だったとは……」

あの礼儀のなっていない騎士が、山賊だったとは。しかも、その彼らに治癒魔術を使っているところを見られていたなんて、不覚だった。父様に、気をつけろと言われていたのに。

それにしても公爵様は、騎士を利用するだけしていらなくなったら処分するなんて、ひどくないだろうか。

「えっと、よくわからないのですが。公爵様はわたしの治癒魔術が目的で、彼らを使って人攫いのような真似をされたのですか？」

わたしの確認に、公爵様はわざとらしく声を上げる。

「まさか、私がそのようなことをするはずがなかろう。不審な男二人を、たまたまうちの騎士が職務質問したんだ。すると二人が怪しい動きをしたので、彼らの馬車を改めたら、君たちが縛られて転がされていた。彼らは山賊崩れだった。疑惑が確信に変わったうちの騎士は、彼らを捕らえ君を助けた……筋書きはこれでよかろう」

さっきと話が違う。山賊を騎士として雇ったと言っていたのに、偽るつもりらしい。

ああ、でもこれが公爵様のやり方なのだろう。山賊を騎士として雇った事実は、なかったことにしたいのだ。

そんな嘘は通じないと言いたいが、今はわたしもパックも公爵様に命を握られている。

黙っているしかなさそうだ。

テーブルには紅茶とサンドイッチが置かれている。メイドも騎士も退室して、気がつけば、この部屋にいるのは公爵様とパックとわたしの三人だけになっていた。

「どうぞ。毒など入れてないから、食べたまえ」

前にごはんを食べてから、結構な時間が経っている。わたしはあまり食欲がないけれど、パックはお腹が空いているだろう。

「カスリーン様、食べてください。僕がジュート先生に怒られます」

パックに食べてもらおうと思っていたら、彼の方がわたしに食べろと言ってきた。

「では、パックも一緒に食べましょう」

お茶に手を伸ばしながら、わたしは考えはじめる。

公爵様はきっと、ダリウス様のために治癒魔術を使える魔術師を探しているのだろう。彼の病気を治せと言われるのだろうか？

それにしても、ダリウス様のご病気はいったいなんだろう？　噂でも病名は伏せられている。

気にしながら、サンドイッチを食べる。味を感じなくても、お腹に入れないと栄養失調は治らない。

このサンドイッチも、見た目はとても美味しそうだけど、味はなかった。

隣に座っているパックは、一口食べると目を見張り、行儀も忘れてバクバクとがっつくように食べはじめる。わたしはゆっくり食べた。美味しさは感じられないけど、お腹は満たせる。

「あー、カスリーン嬢。サンドイッチは嫌いなのかな？」

公爵様に尋ねられたが、何を言われたのかよくわからなかった。

「えっ？　いいえ？　普通に美味しいです」

「カスリーン様、このサンドイッチは食べたことがないくらい美味しいですよ」

慌てたようにパックが言ってくる。『普通に美味しい』は褒め言葉ではなかった。

「た、食べたことがないくらい美味しいです」

言い換えたが、本心からの言葉でないことは公爵様にもわかったようだ。このサンドイッチは自慢の品だったのかもしれない。

これは話を変えた方がよさそうだと思い、ダリウス様の病気について聞くことにした。

「公爵様、ダリウス様のご病気とは、なんなのでしょうか？」

「殿下からは何も聞いていないのか？」

「ずっとご病気だとはうかがっていますが、病名までは」

「ダリウスの病気は皇族特有のものだ。君も覚悟した方がいい」

「覚悟、ですか？」

「殿下との子供が同じ病気になる可能性もある、ということだよ。ああ、でも君は自分で治せるからいいのかな」

今の言葉からすると、公爵様はわたしがユーリ殿下と別れて城を出たことは知らないらしい。噂はまだ広まっていないようだ。わたしはホッと胸を撫で下ろした。

わたしが殿下の子を産むことはないし、事情を説明すべきだとは思うが、皇族だけがかかる病気については知りたい。

それに、公爵様はわたしが治せると確信しているようだけど、どうしてそんな風に思うのだろう。

「公爵様はどうして、わたしが皇族特有の病を治せると思われるのですか？」

「私の父は幼い頃、ダリウスと同じ病気にかかったらしい。その父を救ったのは、君の曾祖母君だと聞いている」

「わたしの曾祖母が、ですか？」

曾祖母は、治癒魔術を使いすぎて、魔力切れで亡くなったと聞いている。公爵様の言葉に、わたしは驚くしかない。

「君の曾祖母君は、誰も治すことができなかった父を治癒魔術で救ったそうだ。カスリーン嬢、君にダリウスを治してほしい。もし治してくれたら、君の後ろ盾になってやろう。私が後ろ盾になれば、君はユーリ殿下の正妃にだってなれる」

公爵様は皇帝陛下の弟だ。たしかに彼が後ろ盾になってくれたら、身分の低いわたしが正妃になることも夢ではないだろう。でも今のわたしはそんなことは望んでいない。

しかし、公爵様の必死な顔を見て、父様の顔が頭に浮かんだ。わたしが愛妾(あいしょう)になることに反対していた父様も、こんな表情だった。

「や——」

わたしは思わず『やります』と言いかけたが、そのとき、隣から声が上がった。パックだ。

「ダメです。お姉ちゃんは使ってはダメなんです！」

驚いて、口をぽかんと開けてしまう。

公爵様はもっと驚いたようだ。まさか子供に意見されるとは思っていなかったのだろう。

「パックと言ったかな。なぜカスリーン嬢が治癒(ちゆ)魔術を使ってはダメなのか、説明できるのかい？」

子供に声を荒らげるのは大人げないと思っているのか、公爵様は声を抑えている。けれど、怒っているのはその表情から明確だ。

わたしはいつ公爵様が怒鳴りだすかとハラハラする。

パックは平民だ。貴族、しかも公爵様に盾突(たてつ)けば、どんなことになるかわからない。

「お姉ちゃんは……あっ、カスリーン様はまだ回復してないので、治癒(ちゆ)魔術は主治医に禁止されてるんです。だから今はまだダメです」

「回復？　主治医？　カスリーン嬢、どういうことかな？」

「えっと、わたしもよくわからないです」

主治医というのはジュート先生のことだと思う。でも回復とはなんのことだろう。

魔力切れで倒れたことだったら、わたしはもう動けるし、回復してるよね。

そんなわたしに、パックは呆れたようにため息をつく。

「はぁ。カスリーン様はジュート先生の話を聞いてなかったの？　魔力が枯渇する寸前までいって倒れた場合、魔力が完全に回復するのに時間がかかるって。それと、完全に回復するまで治癒魔術は使わない方がいい、とも言われたでしょう」

そういえば、そんなことを言っていたような気もする。

パックの話に、公爵様は納得がいったように頷いた。

「ジュート先生が主治医なのかね。彼は『見る』力があるから間違いなさそうだな」

「ジュート先生をご存じなのですか？」

ジュート先生もダリウス様のことを心配していたから、面識があっても不思議じゃない。

「彼は『見る』ことと薬師としての腕が有名だから、一度ダリウスを『見て』もらったことがある。自分には治せないと言われたがね。それで、カスリーン嬢はどのくらいで治癒魔術が使えるようになるか、わかるか？」

最後の質問はパックに向けられていた。

パックは淀みなく答える。

「カスリーン様は他にも病気があるので、少し時間がかかると思います」

「病気にかかっているのか？」

「はい、栄養失調なのです。そのせいで体力も落ちてるので、魔力の回復も遅れるそうです」

「栄養失調？　……旅行中にお金をなくして、食べるものに困っていたのか？」

公爵様の問いかけに、わたしはなんて答えようか悩む。

彼の言葉に頷き、事情を偽ることもできる。

しかし、栄養失調になった原因を正直に話すなら、城を出たことも打ち明けるべきだろう。さっきは状況がわからなかったから、ユーリ殿下と別れたことは言わなかったが、ダリウス様に治癒魔術を使う可能性があるとなると、事情を話しておいた方がよさそうだ。

パックにはわたしがユーリ殿下の愛妾だったとバレてしまったし、このまま話をしてもいいだろう。

「実は、愛妾をやめようと思い、自ら城を出て旅をはじめたばかりなのです。栄養失調は城の生活が原因でなりました」

わたしの言葉に、公爵様は顔をしかめる。

「なるほど、一人なのは好都合だが……城の食事に毒でも盛られたのか？」

「毒？」

公爵様はとんでもないことを言う。わたしが驚くと、彼は呆れたような顔をした。

「何を驚いている。よくあることだ。そういうことなら、食事に興味がなくなるのもわかる」

愛妾や側妃に毒を使われることは、よくあることらしい。なんだか二年間もそういう立場にいたことが不思議な気さえする。

「いえ、毒を入れられたことはありません。少々嫌がらせを受けていただけです」

わたしが否定すると、パックが声を荒らげた。

「カスリーン様は侍女に食べられないものを出されたり、食事を抜かれたり、風呂場に閉じ込められたりしたせいで、味覚障害になったんです。そのせいで食事に興味がなくなり、食べられなくなったのだろうって、ジュート先生が言ってました！」

「そんなことがあったのか。しかし嫌がらせはできても、毒殺まではできなかったようだな。それにしても殿下には呆れて言葉も出ない。侍女長すら抑えられないとは……」

公爵様の言葉に違和感を覚えて、わたしは問いかける。

「ど、どうして黒幕が侍女長だと思うのですか？」

「侍女が自らの意思でそのような悪事を行っては、バレたときに処分を受けるだろう。下っ端の侍女に、リスクを負ってまで君に嫌がらせをする理由はない。それに、食事を制限したり、風呂場に閉じ込めたりしては、さすがの侍女長も気がつく。つまり侍女長が容認しているか、指示を出していなければ、侍女にできることではない。まあ、侍女長に対して命令を下している人物がいるのだろうがな。殿下にその尻尾を掴めるかどうか……」

公爵様の推測に、わたしは絶句する。

侍女長というのは責任のある立場だ。わたしごときをいじめて、その職をなくす可能性を考えなかったのだろうか。わたしに対するユーリ殿下の態度で、いじめても大丈夫だと判断したのかもしれないけれど……

侍女長の態度は、はじめから冷たかった。でも殿下が、『侍女長は厳しい人だけど、正しいことしかしない人だ』と言っていたから、侍女たちが勝手にわたしをいじめているんだと思っていたのに。

「それにしても、栄養失調になるなど、あり得ないな。それでこのサンドイッチも一切れしか食べられないのか。もっと食べるんだ。無理してでも食べた方がいい」

公爵様はほらほらと皿を差し出してすすめてくるけど、食べられそうにない。

わたしが首を横に振ると、パックは必死で公爵様に言い返してくれる。

「ダメです。何回かに分けて、少しずつ食べていくのがいいそうです。いきなりたくさん食べても、吐いてしまって逆効果になりますから」

パックが頼もしい。普通は公爵様に意見なんてできないと思う。

「うむ。では、数時間ごとに食事を用意させよう。ここにも医術師がいるから、診(み)てもらうといい」

「そこまでしていただくのは申し訳ないです」

きっとここにいる医術師は、ダリウス様のために集められたのだろう。

「何にせよ、カスリーン嬢が城を出たのはよかった。治癒(ちゆ)魔術を使ってもらうにしても、君が万全な状態でないと、こちらも心配だ。治るまでここに滞在しなさい」

これは治癒(ちゆ)魔術を使えるようになるまで、公爵家を出ていくのは無理そうだ。

わたしとパックは顔を見合わせるのだった。

「お姉ちゃんの恋人って、ユーリ殿下だったの？　ジュート先生からとても偉い人だってことは聞いてたけど、皇太子殿下だとは思ってもみなかった。殿下が二年も一緒に暮らした女の人を追い出すような悪い人だったなんて、ショックだよ」

公爵様が用意してくれた部屋に入ると、わたしの後をついてきたパックがそう言って怒り出した。わたしをカスリーン様と呼ぶことも、丁寧な言葉遣いも忘れてしまっている。わたしは構わないから、いいんだけどね。

とにかくわたしはパックの怒りを鎮めるために、「落ち着いて」と声をかける。

「あのね、パック。わたしはユーリ殿下に追い出されたわけじゃないのよ。わたしの方から城を出たの。彼の結婚が決まりそうだって聞かされて、殿下と話したときにもう駄目だと思ったから、城を出たの。きちんと話し合うべきだったのかもしれないけど、彼に言いくるめられてしまうのが怖くて、逃げ出したの」

パックがあまりにも怒ってくれているので、申し訳ない。

上級貴族の公爵様に対して、わたしの身体についてあれだけ意見してくれて、とてもかっこよかった。パックには感謝しかない。

でもパックは気が抜けたのか、今はソファの上でぐったりしている。ダラーンと身体が伸びたその姿は、とても可愛らしい。

「お姉ちゃんは悪くないよ。侍女たちに二年間もいじめられてることに気づかないなんて、皇太子殿下が悪い。お姉ちゃんは味覚障害まで出てるし、栄養失調にもなっているんだよ？　お姉ちゃんには殿下しかいないのに、全然ちゃんと見ていなかったってことじゃないか。最低だよ。僕はそんな男にはなりたくないし、ならないって誓うよ！」

パックは頼もしい。こんな恋人だったら、わたしも相談できたのかもしれない。数え切れないほど会っていたのに、ユーリ殿下とは会話が少なかった気がする。何を話せばいいのかわからなかった。

はじめの頃は、殿下がなぜわたしを選んでくれたのかわからなくて、戸惑っていた。わたしと違って彼にはたくさんの選択肢があるのに、どうしてわたしを選んだのか不思議だった。

ユーリ殿下の存在に慣れてくると、今度は、貴族の女性らしい振る舞いをしようと必死になった。上級貴族の女性だったら、侍女にいじめられるようなことはないと思ったのだ。侍女さえも上手に使うことができないのかと思われたくなかった。だから侍女にいじめられていることを言えなかった。

勉強をしたいという願いも侍女長に断(た)たれ、わたしは何も行動に移すことなく日々を過ごしてきた。ユーリ殿下があんな風にキツく言ったのも、わたしがこんな態度だったからなのかもしれない。

わたしが反省して黙り込んでいる間に、パックはだいぶ怒りが落ち着いてきたらしい。いつもの調子で口を開いた。

「でもさ、あの公爵様はまだ何か隠してるよね。何か企(たくら)んでいるのかな」

「え？　そう？　わたしには、子供のことを案じている父親にしか見えなかったけど」

先ほどの公爵様とのやり取りを思い出すが、隠し事をしているようには見えなかった。

「なんかユーリ殿下がいない方がいいって態度だったでしょ？　きっと殿下がいたら、治癒(ちゆ)魔術を使うことに反対されると思ってるんだよ」

「なんでパックはそう思ったの？」

「だって変じゃない？　従弟(いとこ)が病気なのに、どうしてユーリ殿下は今までお姉ちゃんに治してって頼まなかったの？」

「それは、わたしが治癒(ちゆ)魔術を使えることをユーリ殿下に話してないからよ。家族以外には話さないって、父様と約束したの。もちろん愛妾(あいしょう)になるときに殿下には言おうと思ってたのだけど、わたしが二十歳になるまでは言ってはダメだって念を押されたから、話していないわ」

縁を切られたからといって、父様との約束を破ることはできない。だから殿下には、二十歳になったら話そうと思っていたのだ。

パックは、うーんと唸って顔をしかめる。

「やっぱり変だよ。貴族である男爵様が、ダリウス様の病気のことを知らないはずがないでしょ。もちろん、ダリウス様とユーリ殿下が従兄弟同士だってことも。治癒魔術を使えることを秘密にしたのは、お姉ちゃんに治癒魔術を使わせたくなかったからとしか思えない。公爵様の息子を治癒魔術で治すことができたら、お姉ちゃんはユーリ殿下の正妃になれたかもしれないでしょう？　それなのに、どうして反対したんだと思う？」

パックに問いかけられ、わたしは目を丸くする。

そんなこと、考えたこともなかった。

そういえば、ユーリ殿下に求婚されたと言ったとき、誉れであるはずなのに、父様はいい顔をしなかった。

わたしとユーリ殿下が深い関係になったら、ダリウス様のお見舞いに行ったり、彼の病気について詳しく聞いたりする機会もある、と父様は考えたのかもしれない。

そうなれば、わたしは自分が治癒魔術を使えることを黙っていられなかったに違いない。きっとすぐにでもダリウス様に治癒魔術を使っていた。父様はそれを避けようとしたのだろうか。

もしかしてわたしは、ピンチに陥っているのかもしれない。パックのおかげで時間稼ぎはできたけれど、いつ公爵様の考えが変わって、治癒魔術を使えと強制されるかわからない。

父様に会って話がしたい。それに、わたしは本当にダリウス様の病気を治せるのか知りたい。

同じ病気だった前の皇帝陛下を曾祖母が治癒魔術で治したと、公爵様は言っていた。それは本当なのかしら。そんな名誉なことを、なぜわたしは誰にも教えられたことがなかったのだろう。

考えこむわたしを、パックは心配そうな顔で見ている。けれど、わたしは何も言えずに、ただただ考えることしかできなかった。


その後、夕食の時間になると、部屋に食事が運ばれてきた。公爵様と一緒に食べるのかと戦々恐々としていたので、心底ほっとする。

とはいえ、食欲はあまりなかった。

「さっきサンドイッチを食べたから、あまり入りそうにないわ」

「そんなこと言って。サンドイッチを食べてから、だいぶ経ってるよ。とにかく少しずつでいいから食べる量を増やさないと」

「はぁい」

パックの方が絶対に大人だなと思う。きっと幼い頃から苦労してきたのだろう。

サンドイッチをたらふく食べたパックだったけど、わたしが食べきれなかった夕食まで食べてくれた。

「食べられるときに食べておくことにしているんだ」

冒険者に必要なことはこれだ、と言われた。そういえば、食べ物がないときは蛇も食べると聞いたことがある。冒険者の日々は過酷なんだろう。

わたしは魔術を使えるけれど、冒険者になるのは無理そうだ。やっぱり父様に頭を下げて、実家に帰るしかないのかもしれない。スーザンのところに行くことさえできず、こんなことになっているし……

「何か悩んでるの？」

パックはデザートのイチゴをパクパク食べながら聞いてきた。練乳がかかっているから、甘くて美味しいらしい。

わたしも食べてみたけれど、やはり味を感じないので、二個が限界だった。

「これから生きていくのに働かないといけないけど、わたしは冒険者にはなれないなと思って」

「そうだね……。お姉ちゃんみたいに治癒魔術を使えたら、引っ張りだこだろうけどね。お姉ちゃんはお人よしだから、騙されて、死ぬまで働かされそう。冒険者って、バッカーさんみたいにいい人ばっかりじゃないから」

冒険者になるのは、やめておいた方が無難だよね。ダリーにも反対されそう。

「ジュート先生のところで働いたらいいんじゃないの？　あの先生、『見る』力と薬を作る腕は上級なのに治癒魔術がさっぱりだから、お姉ちゃんはきっと重宝されるよ。雇ってもらったら？」

ジュート先生だったら優しいし、治癒魔術を活かせるのはいいかもしれない。でもわたしなんか雇ってもらえるかな。

わたしがそんなことを考えていると、パックは思いついたように口を開いた。

「そういえばさあ、お姉ちゃんの曾お祖母ちゃんが前の陛下を治したって言ってたでしょ？　そんなすごいことしたのに、男爵位っておかしくない？　もっと高位の爵位をもらえるものじゃないの？」

「わたしはその話を聞くのははじめてで、詳しくは知らないの……。男爵位を授けられたのは、大地震のときに曾祖母が命をかけて人々の怪我を治したからって、聞いていたわ」

わたしは首を傾げ、聞いていた話を思い出す。

「男爵になるまでは、男爵領のあたりは侯爵家の土地だったの。侯爵様はたくさん土地をお持ちで、帝都から遠い土地には代々管理人を置いていて、うちの家もその管理人の一人だった。曾祖母の治癒魔術は聖女様のようだって、近隣では知られていたそうよ。大きな地震があってたくさんの人が亡くなったときに、曾祖母は治癒魔術を使って大怪我をしてる人々を治したの。ただ、魔力量に限界がきても怪我をしてる人はたくさん並んでいて、断りきれずに、結局亡くなるまで治癒魔術を使ってしまった。その後、聖女のような曾祖母の功績を讃えて、男爵位を授けられたって聞いたわ」

パックも、わたしの話を聞いて首を傾げた。

「やっぱり変だよ。地震が起きたのって、帝都からかなり離れてる土地だよね。怪我をしてる人を助けて亡くなったのも、表彰されてもいいとは思うけど、助けた人って平民でしょ。平民を助けたからって男爵位を授けられるかな」

確かに、平民を何人助けようと、帝都までその噂が届くだろうか。たとえ届いても、男爵位を授けるという話になるだろうか。

「パックは何か気づいたの？」

「うん。まだ確信があるわけじゃないけど。前の陛下が死にかけてるところをお姉ちゃんの曾お祖母ちゃんに助けられたって、公爵様は言ってたでしょ。それこそ聖女って噂になってもいいんじゃない？　でもそんな話、聞いたこともない」

　そこで言葉を区切り、パックは続ける。

「だったら、こう考えるのはどう？　地震が起きて平民の怪我を治したって話も本当のこと。それで、その話が帝都まで流れ、噂を聞いた誰かがお姉ちゃんの曾お祖母ちゃんに、皇帝陛下を治してほしいと頼みにきた。そして皇帝陛下に治癒魔術を施したため、曾お祖母ちゃんは魔力が枯渇して亡くなった――それなら男爵位を授けられるのもわかる。生きていれば、帝都でも聖女だともてはやされたかもしれないけど、亡くなってしまったから隠された」

　パックの話は強烈だった。でもそれなら辻褄は合う。

　ほとんど無理やりに治癒魔術を使わされた可能性だってある。その頃の曾祖母は、ただの平民だったのだから……

　パックの話に、頭がぐるぐるしてくる。そんなわたしを見て、彼は舌を出した。

「まあ、ただの想像だけどね」

　そう、今の話はただの想像だ。でも本当にこの通りのことが起こったのだとしたら――

ダリウス様の病気の治療は、わたしが思っているよりずっと危険なのかもしれない。命の危険をおかしてまで、ダリウス様を治す？

曾祖母（そうそぼ）は自分が死ぬ可能性があるのに、治癒（ちゆ）魔術を使ったの？

「そうね。とにかく、簡単に引き受けていい話じゃないみたい。パックがいてくれて本当によかったわ」

わたしは状況をもっと把握してから返事をしようと決めたのだった。

第三章

ウェルズリー公爵家に滞在して三日。朝起きてからはじまる食事攻撃に、わたしは辟易していた。

公爵様はわたしのために、二時間おきに食事を用意してくれる。部屋に運ばれるときもあるし、大食堂でウェルズリー公爵と一緒にいただくこともあるし、中庭に用意されることもある。

こちらが遠慮しないようにと思ってか、それらは相談されることなく用意されるので、困っていた。やっと食べ終わったと思ったら、すぐ次の食事が出てくるのだ。起きている間はずっと食べ続けている気がする。

「昨日は夢にまで食べ物が出てきたわ」

「はぁ。もう食べ物を見るのも嫌だよ。まさか二時間おきに用意されるとは思わなかった」

パックは食べ物に困らないなんてとはじめは喜んでいたけれど、続くとさすがにキツイみたい。

残せばいいと言っても、パックは食べ物を残すのが嫌みたいで、うんうん唸りながらも完食している。でも、だんだん食事の量が増えている気がするので、少しでも残した方がいいのではないかな。

それはさておき、わたしは満腹感をどうにかすべく、パックに提案する。

「公爵様は、屋敷内だったら自由に歩き回ってもいいって言ってくださっていたわよね。パック、庭でも散歩しない？　このままだとわたしたち、太ってしまうわ」

「そうだね」

部屋でゴロゴロしていたわたしたちは、三日目にして公爵家の庭を散歩することにした。

わたしたちが廊下を歩きはじめると、騎士がゾロゾロとついてくる。見張りなのだろうか？

「何が、『どこでも自由に歩き回って構わない』だよ。結局は見張られるってことか」

「うーん。治癒魔術を使うまでは、この屋敷から出してもらえそうにないわね」

ここまで見張られていては、庭を歩くのだって心穏やかにとはいかない。どうしようかと思い、チラッとパックを見たら、それでも行く気満々という様子だ。運動不足も身体に悪いし、体力をつけるためにも散歩をしよう。

「うわぁ、すごいね」

外に出たパックの第一声がこれだ。それくらい素晴らしい庭だった。

秋から冬になろうとしているのに、庭一面に花が美しく咲いている。あれは寒さに強い花なのかしら。ピンクや紫の花、差し込む太陽の光、芝生の緑――それぞれが調和した庭だ。それに池の周りには木が植えられていて、周りを囲んでいる芝生はこの季節なのに青々としている。維持に魔術が使われているのかもしれない。

「ほんとに。これぞ貴族の庭ね。きっと庭師がたくさんいるのよ」

わたしの家も一応貴族だし、庭師を雇っていた。でも、公爵家の庭は別格。素晴らしいという言葉しか出ない。

「あっ！　あそこにあるのって、温室とかいうものじゃない？　噂で聞いたことがあるよ。入ってもいいのかなぁ」

「わたしも見るのははじめてよ。これが温室なのね」

皇帝陛下の住む皇宮には温室があるが、わたしは皇宮には行けなかったから、見たことはない。遠くから眺めることすらできなかった。

ただ、侍女の誰かがガラスがキラキラ輝いていて美しい場所だと話していたのを、聞いたことがある。彼女が言っていたように、太陽の光が反射してとても美しい。

「中に入ってもいいかしら」

騎士の一人に尋ねるが、返事がない。どうしよう。

「どこでも見ていいって公爵様が言ってたんだから、大丈夫だよ」

パックはそう言って、さっさと温室の中に入っていく。わたしは慌ててパックの後を追う。

冬も間近だというのに、温室の中は暑いくらいだった。先を歩いていたパックは、なぜかある場所で立ち止まっている。パックが立っている場所まで行き、わたしも驚いて立ち止まった。

そこでは、とても綺麗な女性が花を切っていた。艶のある漆黒の髪を背中へ流した女性だ。

この女性は誰だろう。ドレスもとても高価なものだと一目でわかる。

視線を感じたのか、彼女が振り返った。そして目を見開き、わたしのところまで走ってくる。

彼女は笑みを浮かべ、わたしの手を握った。

「あなたがカスリーン嬢ね。私の息子を救ってくださる方だと主人に聞いて、会いたいと思っていましたの。どれだけ私が嬉しいと思っているかわかりますか？」

彼女の言葉に、わたしとパックは衝撃を受けた。

『私の息子』とは、二十四歳のダリウス様のことだろう。この女性はとても二十四歳の子供がいるようには見えない。わたしとそう変わらない年齢に見える。

そして、わたしがダリウス様に治癒魔術を施すことが、彼女の中で決定事項になっていることにも驚く。

「もしかして公爵夫人ですか？」

今の台詞から間違いないと思いながら、一応尋ねた。

「あら、この髪の色でわかると思っていましたわ。私が思っているより知られていないのね」

あまりにも若く見えるので、成人男性の母に見えなかったとは言いづらい。わたしは誤魔化すように笑みを浮かべ、自己紹介する。

「はじめまして。わたしはカスリーン・ヴィッツレーベンです。そして彼はパックと言います。わたしの護衛です」

「私はマリアネット・ウェルズリー。ダリウスの母です。パックはダリウスと同じ黒髪ですね。この国では珍しい色だから、苦労していませんか？　ダリウスは公爵家の嫡嗣として育てられていても、同じ年頃の子の集まりに行くといつも遠巻きにされていました。ユーリ殿下がいてくださらなかったら、ひとりぼっちで遊んでいたでしょう」

公爵夫人は屈み、パックと同じ目線になって話しかけた。とても気さくな方のようだ。

パックは顔を赤くしながら答える。綺麗な女性を前に、照れてしまうのだろう。

「そ、そうですね。僕はこの髪が原因で両親に捨てられましたし、この国ではまだまだ黒髪は理解されていません。でもまったく気にしないで接してくれる方もいるから、今はつらくないです」

「そう、大変でしたね。私は直接いじめを受けることはなかったのですが、社交界では遠巻きにされて、つらい思いをしたものです。ダリウスの病気のことも、黒髪のせいだと言う方もいらして……。気にしたら負けですから、いつも笑顔で乗り切るようにしていますけどね」

公爵夫人の強さに、びっくりする。

わたしは侍女たちの陰口に、はじめこそ笑顔で乗り切ろうとしたけれど、結局は負けてしまった。

学院にも通わず家にずっといたせいか、集団に溶け込むことも苦手だ。ユーリ殿下とはじめて会った夜会のときも、両親やスーザンと離れると、他に知り合いのいないわたしはひとりぼっち。ユーリ殿下に誘われたときも、受け身だった。

城を出てやっと自分を取り戻せたと思っていたけれど——わたしはまた流されているだけなのかしら。

わたしは公爵夫人の手元の花をぼんやりと見つめ、考えた。それに気がついたのか、彼女は花を持ち上げる。

「この花はダリウスの部屋に飾るのですよ。早く目を開けて、また微笑んでくれたらと、いつもこの花を切りながら祈っておりますの。ダリウスの目覚めだけが私の願いですわ」

その話に違和感を覚え、わたしは首を傾げた。不躾かと思いながらも、おずおず声をかける。

「あの……、少しお聞きしてもよろしいですか？」

「ええ、なんでしょう」

「もしかしてダリウス様は、ずっとお眠りになっているのですか？　ご病気だとはうかがっているのですが……」

「あら、あなたは何も聞かされていませんの？」

公爵夫人は眉尻を下げてわたしを見た。わたしが頷くと、彼女はため息をつく。

「そうなのですね。あの人にも困ったものです。長い話ですから、そちらに座りましょう」

公爵夫人にすすめられて近くにあるティーテーブルに座ると、お茶の支度がはじまった。急に申し付けられてもメイドたちは慌てることなく、わたしたちの前にお茶とお菓子を並べていく。

お茶の席が整うと、公爵夫人は話しはじめた。

「ダリウスの病気は、痣が全身に広がり、死に至るというものです。その進行を抑えるために、【時止め】という魔術をかけました。ですがこれは、病だけでなくダリウス自身の時まで止めてしまったのです」

はじめて聞く病気の症状に、わたしは声も出ない。

「魔術師たちはダリウス自身の時だけを動かせるよう、必死にがんばってくれました。しかし、時を動かす方法はわかっていません。とはいえ、時を止めなければ、ダリウスはすでに死んでいたでしょう。【時止め】を施してから十四年、ダリウスは寝たままで目を開けることはありません。けれど私は、いつか治癒魔術で助かるときが来ると信じて待っているのです」

「えっ？　十四年も前からずっとですか？」

ダリウス様は病弱で人前に出られない、としか、ユーリ殿下は話してくれなかった。まさか十四年も意識がないなんて、思ってもみない話だ。

「あの、まさか成長も止まっているのですか？」

パックがおそるおそるという様子で尋ねる。

【時止め】の魔術で身体の時を止めているということは、成長していないということだろうか。

「その通りです。ダリウスは今も、十歳のときのまま姿が変わっていません」

公爵夫人の顔は、我が子を心配する親のそれだった。

話を聞いて、わたしは確信に近い手ごたえを覚える。

やはり、ダリーはダリウス様なのだろう。ベッドで眠るダリーの夢は、きっと現実の彼の様子を見たものだったのだ。この屋敷の窓から見た風景が、夢で見た風景と似ていることが気になっていた。

しかも、ダリーとはじめて会ったのは、わたしが五歳のとき。十四年前だ。

ダリウス様のために、治癒魔術を使おう。本当に治せるかわからないけれど、わたしにできることをしたい。十四年も病に苦しむ我が子を見続けてきた公爵夫妻に、ダリウス様が健康になった姿を見せてあげたい。

そして、夢でしか会えなかったダリーを助けたい。彼はわたしに助けを求めて、夢に現れていたのかもしれない。

そのとき、はっと気がついた。この屋敷に来てからダリーの夢を見ていない。

それが意味することがわからず、わたしは口を噤むしかなかった。

散歩を終えて部屋に戻ると、わたしはさっそくパックに切り出した。

「ねぇ、パック。意識のないダリウス様だけじゃなく、意識が戻るのを待ち続けている公爵家の人たちも可哀想だと思わない？」

わたしの言葉に、パックは呆れたような目をする。

「もう、お姉ちゃんはどうしてそう単純なの？　あれが向こうの手かもしれないって、どうして考えないの？」

「手？」

「そうだよ。お姉ちゃんに息子の病を治してほしいから、同情を引こうとしてるのかもしれないでしょ？」

パックは両手を腰に当ててプンプン怒っている。

同情を引こうとしている、かぁ……。そんな風には見えなかったけれど、あの場面で即答しなかったことは正解だったのだろう。

「でも公爵夫人は悪い人には見えなかったわ。パックもそう思うでしょ？」

「僕にはわからないよ。今まで、悪い人に見えない悪いやつはいっぱいいたし、本人は悪いことだって思ってないかもしれないだろ。だからお姉ちゃんは、簡単になんでも引き受けるのはやめた方がいい。まぁ、ダリウス様が死にかけてる状態だったら、公爵様は有無を言わさず対面させるはずだよね。だから、強引なことをしないってことは、まだ時間はあるんだよ。お姉ちゃんはとにかく体調を整えることだね。もしものときに体調が悪かったら、話にならないから」

「わかった」

パックの言う通りだ。向こうは公爵なのだから、有無を言わせずわたしたちをダリウス様のところに連れていくことなど簡単だ。それをしないのは、まだ余裕があるからだろう。

わたしに治すことができるのかはわからないけれど、とにかく体調を万全にしておこう。

一息ついてテーブルを見ると、なんと昼食の用意がされていた。

「……公爵様は、わたしたちを太らせて食べる気じゃないわよね」

「似たようなものかもね」

せっかく用意してくれたのに食べないわけにもいかないので、椅子に座った。

「海の魚だわ。よく手に入ったわね」

このあたりは港から離れている。魚を食べられるとは、思っていなかった。城では、ユーリ殿下がいるときだけ魚が食卓に上がった。

男爵領の家の近くには海があるので、毎日のように魚を食べていた。わたしはそれほど好きだと思ったことはなかったのに、この二年間は魚が食べたくて仕方がなくて、たまに食べられるとすごく嬉しかった。

殿下がいるときに魚料理が多かったのは、おそらく彼が希望してくれていたからだと思う。わたしが魚を食べているときの笑顔が好きだ、と言われたことがある。それはわたしが本心から笑っているときで、ユーリ殿下はそのことがわかっていたのだろう。

「これは海の魚かぁ。僕、川魚しか食べたことがないんだけど、全部食べられるの？」

「この魚は、頭は食べないわよ。あと、これは貝のスープね。貝から旨味が出ていて、とても美味しいはずよ。味がわからないのをこれほど悔しいと思ったのは、今日がはじめてだわ」

わたしは悔しくて涙が出そうだった。一口食べてみたけれど、やっぱり味がしない。

「へー。これが貝のスープなのか。前にバッカーさんが美味しいって話していたんだけど、うん、確かに美味しい。食べたことのない味だ。今度バッカーさんに会ったときに自慢できるよ」

魚料理が出て喜んだが、味覚障害で味がまったくわからない。それでもいつもよりたくさん食べることができた。故郷を思い出す食べ物はやはり嬉しいものだ。

「やっぱり公爵様は策士だね。味がわからなくても魚料理なら食べるんじゃないかって、用意したんだろうね。すごいよ」

わたしが少しでも食欲が出るようにと、いろいろ考えてくれているようだ。ここまで気にかけてもらって悪い気がする。パックには肉も用意されていて、至れり尽くせりだ。

しばらくして食事を終えると、わたしはそれまで考えていたことを口にする。

「一度、ダリウス様のお見舞いに行きたいわね」

ひとまず、ダリウス様の顔を確認して、ダリーと同一人物なのかを確かめたい。それに、病気についても情報が欲しかった。

「危険だと思うけど？」

「痣や病気がどんなものなのか、まったくわからないでしょう？　見てみたいのよね。でも、見ることと治すことを同一視されては困るし、様子を見るのに何かいい方法はないかしら」

「それって、こっそり見たいってこと？　無理だよ。誰にも見つからずにダリウス様のところに行くのは無理だと思うよ」

「そうよね」

経験上、病気や怪我は一目見たら、治せるかどうかわかると思う。その理由は説明できない。自分でもなぜわかるのかが理解できないからだ。

昔、父様に説明しろと言われたことがあるけれど、そのときもわたしは結局説明できなくて、父様に深いため息をつかれた。

父様いわく、わたし以外の治癒(ちゆ)魔術の使い手は、怪我や病気を見ただけで治せるか否(いな)かはわからないそうだ。

この間の冒険者の足も、治せるとわかっていたから治した。最後に倒れてしまったものの、ギリギリ治すことができたのは、読み通りだった。

だから、できることなら確認したい。今のわたしに治せるのか、ダメなのか。

そしてダリウス様がダリーなのかも確かめたい。なんとかダリウス様の部屋にもぐりこめないかな。


昼食の食器が下げられた直後、医術師が部屋を訪れ、わたしを診察した。

公爵家の専属の医術師は、あまりやる気がないようだった。

「栄養失調で間違いないですね」

彼はさっと診てそう言うと、すぐに帰っていった。治療するわけでもないし薬も出さない。それとも薬は後からもらえるのだろうか。

まあ、ジュート先生にいただいた薬がまだあるから、困らないけれど。

「あの先生、名前も言わなかったわね」

「うん。きっとお姉ちゃんのことを平民だって思ったんだよ」

「まあ、わたしは下級貴族だから、貴族だと知っても態度は変わらないと思うわ」

公爵様は一応約束を守って、医術師をよこしてくれた。わたしはともかく、ダリウス様を診ているのがあの先生で大丈夫なのだろうかと心配になった。

「そのことなら心配はいらない。あの者の仕事は、ダリウスの病気を治すことではないからな」

その夜、公爵様と話す機会があったので尋ねてみると、そう言って笑われた。

医術師が病気を治す仕事をしないなんて、おかしくない？

ああ、そうだった。ダリウス様の病気を治せる医術師がいないから、わたしに試してほしいんだった。

「あの医術師にはずっと、ダリウスの体調に変化がないかを診てもらっているんだ。カスリーン嬢は、妻にダリウスの病気について聞いたそうだね。ダリウスの病気は【ループ】と言ってね。あの医術師には【ループ】を治すことはできないが、彼はとても役に立ってくれている。彼は【時止め】の魔術師と一緒に、ダリウスを守ってくれているんだ。【時止め】をしていても、他の病気にかかる恐れはあるし、身体が弱っている分、何が起こるかわからない」

ダリウス様は眠っている間、成長することはないというのに、他の病気になる可能性はある。そんな彼の回復を待つ公爵夫妻のことを思うと切なくなって、胸が締めつけられた。

わたしが返事に困っていると、公爵様は話を変えた。

「そうそう、ジュート先生が君の主治医だと聞いたので、彼を呼んでいるんだよ。もうじきここに到着するはずだ。君の身体の具合について、彼と話をしたいからね」

公爵様は、パックからジュート先生のことを聞いて、すぐに動いたようだ。

きっとジュート先生は驚いただろう。まさかこんなことに巻き込んでしまうなんて、本当に申し訳ない。

でもわたしは少しホッとした。隣に座っているパックも、安心したように息をついた。

「わたしもジュート先生に診(み)てもらえると安心です。ジュート先生にいただいた薬はまだありますが、じきになくなってしまいますから」

「ジュート先生には前から診てもらっているのかね」

「はい。城にいたときに、高熱で苦しんでいるところを助けていただきました」

「城には他に医術師がいたと思うが、どうして城下の医術師に頼ったんだね」

「それは……わたしは意識がなかったのでよくわからないのですが、侍女が呼んでくれたそうです」

わたしはてっきり侍女長が呼んでくれたと思っていたのだけれど、手配してくれたのはバニーだとジュート先生が言っていた。バニーは城の医術師を呼べないから、ジュート先生に頼んでくれたのだと思う。彼は腕のいい医術師だったから、本当に助かった。

「ふむ。君は思っていたよりずっと冷遇されていたようだな。まあ、城の医術師と同じくらいジュート先生の腕は確かだから、君は運がいい。高熱で死んでしまう人もいるのだから、気をつけなさい」

あれはわたしの不注意だった。侍女たちに閉じ込められたのはわたしのミスだ。一晩中寒い浴室にいたのだから熱も出る。

これからは我慢なんてしない。自分で考えて行動する。誰かに動かされながら生きるのは、もうやめたのだから。

ノックの音がして公爵様が返事をすると、執事が入ってきて彼に何かを告げた。

「カスリーン嬢、ジュート先生が到着したそうだ。すぐに診てもらうから、部屋で待っていなさい」

公爵様の言葉に従い、わたしとパックは部屋に戻った。

「ジュート先生……公爵様の味方をしてわたしが治ってるとか、言わないわよね」

ダリウス様の病気は治すと決めている。それでも、身体の調子が万全になってからの方がいいのは自分でもわかっていた。

パックも心配そうに言う。

「公爵様とは前からの知り合いみたいだから、少し心配だね。ジュート先生は嘘は言わないと思うけど」

わたしとパックは、ジュート先生に早く会いたい気持ちと大丈夫なのかと心配する気持ちとで、ドキドキしながら待っていた。

しばらくして、ノックの音がする。わたしが返事をすると、ジュート先生が入ってきた。

「カスリーン様、先日別れたときは、まさかここでお会いすることになるとは思っていませんでした」

ジュート先生は困ったような顔でわたしを見た。わたしだって、ここでジュート先生に会うことになるなんて思っていなかった。これも運命みたいなものなのだろうか。

でも一番驚いたのは、それ以上に会うはずのないだろう人が、ジュート先生の後ろにいたことだ。

「カスリーン、元気そうだな……と言いたいが、顔色がよくないな」

「と、と、父様がどうしてここにおられるのですか？」

二年前わたしに絶縁を言い渡した父様が、そこに立っている。

「お前が宝石を売ったことがわかってな。金が必要だということは、皇太子との生活で困り事を抱えているということだろう。お前にそんな思いをさせ続けることはできないから、迎えに来た」

父様の言葉に、わたしは胸が苦しくなった。家族の反対を押し切って愛妾になったというのに、父様はわたしを娘として大事に思ってくれている。

勘当されたから、と二年の間連絡を取らなかった自分が恥ずかしい。

「父様、勝手なことをして、本当に申し訳ありませんでした」

わたしは頭を下げると、父様はそっけなく言う。

「別に構わん。こうなることは目に見えていたからな。てっきり、すぐに泣きついてくると思っていたが、よくがんばったと言うべきか、意地を張りすぎたんじゃないかと言うべきか……。お前が味覚障害になった話も、ジュート先生から聞いた。私も勘当だなんて言って、連絡を断ってすまなかった。お前を皇族と関わらせたくなくて言ったのだが、まさかお前が反対を押し切ると思っていなくて、私も引っ込みがつかなくなったのだ。それにしても、家に帰れないからといって一人でこんなところまで旅をするとは、思わなかったな」

呆れたような目で見てくる父様。そこでわたしは気になっていたことを口にする。

「わたしがここにいることが、よくわかりましたね」

「侍女のバニーから、カスリーンが城で高熱を出したときにジュート先生にお世話になった話を聞いたんだ。それでジュート先生のところへお礼にうかがうと、ちょうど公爵様の使いの者が来てな。カスリーンのことを話していたので、一緒に来ることにしたんだ」

「父様は公爵様にご挨拶されたのですか？」

「私は男爵としてではなく、ジュート先生の侍従のふりをしていたので、気づかれていないだろう。変装しているから当分は誤魔化せるはずだ」

変装と言われて父様を改めて見ると、確かにいつもと違う気がする。服装はジュート先生が着ているのと似たようなシャツとズボンで、髪もわざとクシャクシャにしている。

貴族らしくない身なりだ。それに父様の髪は本来わたしと同じ銀色なのに、今日はくすんでいて輝きがない。それだけで印象がまるで違う。

「そんな騙すようなことをしないで、挨拶した方がいいですよ」

わたしは呆れて父様に言った。すると、ジュート先生と父様は、わたしよりも呆れた顔でこっちを見てくる。

「私が『カスリーンの父です』と現れたら、門前払いされただろう。ここは公爵家の領地だ。私を遠ざけることなど簡単にできる。カスリーンも、ダリウス様のご病気について聞いているだろう。息子を助けるのに邪魔な私を、お前に近づけるはずがない」

確かにそうかもしれないけれど、相手は公爵様だ。高位貴族の屋敷に正体を偽り、挨拶もなしに入り込んで、問題ないわけがないだろう。

心配するわたしに、ジュート先生が言う。

「私は医術師として、ダリウス様を助けることができるのなら、カスリーン様に助けてほしいと思っていました。ですが、ここまで来る馬車の中で男爵様から事情を聞き、正直戸惑っています」

事情とは、わたしの曾祖母が、前の皇帝陛下を治したことだろうか？　やはり曾祖母は、そのせいで亡くなったのかもしれない。

　ジュート先生は話を続ける。

「もし男爵様の話が本当なら、カスリーン様に何も話さないまま治癒魔術を使っていただくわけにはいかないでしょう。すべてを聞いてからご自分で判断することが大事です。そう思ったから、公爵様を欺く形になるとわかっていましたが、男爵様を侍従としてお連れしたのです」

　ジュート先生は人がよすぎる。父様の話を聞いたからといって、そこまでしなくていいのに。

「父様、わたしはダリウス様の病気を治すことができるのなら、治癒魔術を使いたいです」

わたしが自分の決意を伝えると父様は渋い顔で、首を横に振った。

「駄目だ」

　でもわたしは譲らない。

「父様が昔からわたしの治癒魔術を隠してきたのは、わたしのためだとわかっています。治癒魔術を使えることを隠すために、わたしを学院に通わせず、家庭教師をたくさん雇ってくださったのですよね。わたしには、学院に通わせるお金がないと言いながら、お金がかかる優秀な家庭教師たちを雇ってくれました。父様には感謝しています」

　わたしは父様の言うままに生きてきた。殿下とのことは逆らってしまったけれど、それ以外のことで逆らったことはない。

「ですが、わたしは学院に通いたかったです。ユーリ殿下から聞いた学院での日々は、とても楽しそうでした。できることなら今からでも通いたいくらいです。ダリウス様だってわたしと同じで、きっと通いたかったと思うんです。だから、できることはしたいと……」

話しながら、涙が溢(あふ)れてきた。その涙を見て、父様は頭を掻いた。

「もうよい。カスリーンの言いたいことはわかった。だが治癒(ちゆ)魔術を使えることを隠させたことは、後悔していない。もし広く知られていれば、お前が死ぬことになっていたかもしれないからな」

「えっ？」

父様の話に驚きで涙が止まる。パックとジュート先生も、目を丸くしていた。

父様はため息をつき、言葉を続ける。

「とはいえ、これから話すことは、もっと前に話しておけばよかったのだろう。お前は優しい子だから、ダリウス様の病気について知れば、治癒(ちゆ)魔術を使うと言い出すのではないかと怖かったんだ。……長い話になる。かけてもいいかね？」

わたしが頷(うなず)くと、父様とジュート先生は向かいのソファに座った。パックは大人しくわたしの隣に座っている。

「ダリウス様がかかっているのは、痣ができたら最後、全身に広がって死ぬ病気だ。この病のことを、私たちは【ループ】と呼んでいる。皇族の血縁者しかかからない病だから、皇族以外では一部の者しか知らない。私は皇帝陛下と一緒に【ループ】の痣の進行を抑える魔術師を育てていた」

そんな話ははじめて聞いた。

わたしは混乱しながらも、とにかく話を聞こうと続きを促した。

「その研究をはじめたのは、私たちがヴィライジ学院に通っていた頃だ。医術以外にも【ループ】を治せる方法があるのではないかと考え、そのための魔術師を育てた。だが、当時【ループ】にかかっている皇族はいなくてね。治験者がいないため、研究は遅々として進まなかったよ」

「治験者がいないのに、どうやって研究したのですか？」

医術師であるジュート先生は、研究のことが気にかかるようで質問した。

「皇族が持っている昔の資料から探っていったのだ。そして陛下は研究のために、血も提供してくれた。皇族の血が必要だったからな。この病で誰も死んでほしくないと、私たちは必死だった。皇族のことだけではなく、私は家族も死なせたくなかった」

父様は悲しそうな顔になる。

「……陛下の父上が幼い頃、ダリウス様と同じように【ループ】にかかったことがある。それを助けたのが、私の祖母だ。陛下の父上を治すために治癒魔術を使うように命じられ、祖母は命を落とした」

やはり曾祖母が亡くなったのは、前の皇帝陛下に治癒魔術を使ったからだったのか。

父様は一息つくと、話を再開する。

「我がヴィッツレーベン家は、かつては侯爵家の土地の管理人にすぎなかった。当時、地震が起きて祖母は治癒魔術で怪我人を治していた。祖母の存在が皇族の耳に届いたのは、息子を助けたかった当時の皇帝が、国中に御触れを出していたからだ。でなければ、帝都から遠く離れた土地のことなど誰も気に留めなかっただろう。祖母の存在を知った皇帝は転移魔術を使って、祖母を皇宮に連れていった。そして有無を言わさず治癒魔術を使わせたため、魔力切れが原因で祖母は亡くなったのだ」

なんてことだろう。曾祖母のことを思うと、胸が苦しくなる。

しかし、それを理由にダリウス様を見捨てることはできない。

「【ループ】にかける魔術は、命がけのものなのですか？　それとも、すでに魔力が減っていたところに治癒魔術を使ったせいで、命に関わってしまったのですか？」

わたしの質問に、父様は首を横に振る。

「わからない。【ループ】についてはいろいろな資料が残っているが、治癒魔術についての資料は少ないのだ。祖母に『息子を治せ』と命令した先々代の皇帝は、治癒魔術を使った者がまさか死んでしまうとは思っていなかったのかもしれない。過去に、【ループ】を治して生きていた者も存在するらしい。私は、魔力が十分ない状態で治癒魔術を使ったせいで祖母が亡くなったのではないかと考えているが、確証はない」

父様はそこで言葉を切った。どう話せばいいのか考えているようだ。

わたしは父様が話し出すまで、静かに待つ。父様はしばらくして、ゆっくり言葉を紡いだ。

「……皇帝は表向きには、『地震による怪我人を治して亡くなった女性に敬意を表する』と言って、男爵位といくばくかの土地をくれた。当初、祖父は固辞していたが、貴族という地位があった方が家族を助けられることに気づいたのか、結局は受け取ったよ」

パックの予想通りの話に、わたしは言葉も出ない。

「ダリウス様が【ループ】になったとき、カスリーンはまだ五歳だった。とてもじゃないが、【ループ】のために治癒魔術を使わせることはできない。だが【時止め】の魔術が半分しか成功しなかったせいで、今の皇帝陛下の目が、お前に向けられるようになった。覚えているかな？　四歳のとき、カスリーンは治癒魔術で皇帝陛下の腕の怪我を治したことがあるんだよ。あのとき陛下は喜び、カスリーンを『高い高い』してくださった。陛下は、カスリーンなら治癒魔術でダリウス様の病を治せる可能性があることを知っていた」

わたしは記憶に残る陛下のエピソードの裏話を聞き、ハッとする。

しかし、気になることがあった。

「わたしは何度か陛下とお会いしていますが、治癒魔術やダリウス様のことについて何かを言われたことはありません」

そう、皇帝陛下はダリウス様の名すら出したことがない。そしてユーリ殿下も、わたしが治癒魔術を使えることを知っていたなら、治してほしいと頼んできたはずだ。でもお二人とも、わたしには何一つ言わなかった。

「それには理由がある。陛下の腕の怪我は、城の医術師にも治せなかった。それを治すかわりに、カスリーンが治癒魔術を使えることについては誰にも話さないという契約魔術を結んでいたからだ。そのときはただの保険だった。もしも皇族の誰かが【ループ】にかかっても、【時止め】の魔術で抑えられると思っていた。カスリーンの治癒魔術が必要になるとは、考えていなかったんだ。そしてその契約魔術の期限は、カスリーンが二十歳になるまでにしていた」

だからユーリ殿下はわたしの治癒魔術について知らなかったのか。抱えていた疑問が解消され、少しすっきりする。

「……しかし、契約魔術を結んだ翌年、ダリウス様が【ループ】にかかってしまった。先日、帝都で皇帝陛下に会ってきてね。ダリウス様の【ループ】が【時止め】で抑えきれず、【時止め】の魔術が切れかかっていると報告を受けた。そこで話し合い、カスリーンの治癒魔術について話さないという契約魔術は破棄してきたよ」

「父様、なぜわたしが二十歳になるまでという契約だったのですか？」

「二十歳までには、確実に魔力が安定するからだ」

今わたしは十九歳。ほとんど魔力は安定しているらしく、本来はダリウス様に治癒魔術をかけても問題ないようだ。

しかし、父様は反対だと言った。わたしに曾祖母と同じ運命を辿ってほしくない、と。

曾祖母は、聖女のような人だと聞いたことがある。

彼女もわたしと同じ力があったのなら、自分が助からないことはわかっていたはずだ。それでも助けたのはなぜなんだろう。

わたしが考えこむと、父様は「一度、一人でよく考えなさい」と言い、ジュート先生とパックを連れて部屋を出ていった。

「はぁ～、びっくりしたなぁ」

わたしはベッドに横になって、大きく息を吐いた。

父様の話は驚くことばかりで、息をつくこともできなかった。

「わたし、どうしたらいいかしら。父様の話は、パックの予想を裏付けることばかりだったわ。死んでしまうのは嫌だけど、ダリウス様を見殺しにはできない」

父様にはダリーの話をしたことはない。ダリーのことを話したのは、弟とスーザン、そしてパックだけだ。弟には呆(あき)れた表情をされたので、一度だけで話すのをやめた。

ドンドン！

強いノックの音と同時に、父様が入ってきた。

「どうするか決まったのか？」

さっき時間をくれると言ったばかりなのに、せっかちすぎやしないだろうか。

「父様は反対ではなかったのですか？」

「私は反対だ。魔力が十分であれば【ループ】を治しても命に支障はないと考えているが、推測に過ぎない。娘に命を脅(おびや)かすようなことをしてほしくはない。しかし、カスリーンはもう大人だ。自分で考えて決めるべきだろう。とはいえ、公爵が無理強(むりじ)いをするようなら、お前を連れて逃げる用意はあるがな」

　父様の愛情に、わたしは胸が熱くなる。

「……長い間カスリーンが魔術を使わずに済むようにといろいろやってきたが、結局お前はこの場にいる。これはもう運命なのかもしれない。大きな力が働いているとしか思えないほどだ。だからといって、必ずしも治癒魔術を使えと言っているわけではない。今の体調ではダリウス様を治すどころか、二人揃って死んでしまう可能性もある。ジュート先生の許可が出るまでは、絶対に駄目だ」

「では、ジュート先生の許可が出たら、治癒魔術を使ってもいいのですか？」

「使うか否かは、私が決めることではないよ。カスリーンが自分で決めなさい。逃げたいなら私が連れ出そう」

　父様の言葉に、わたしは首を横に振る。

「相手は公爵様ですよ。断れるお話ではないでしょう？」

「お前が断りたいのなら、断ればいい。この国を出る手はずは整っている」

　父様はとんでもないことをケロッと言う。わたしは驚いて、声を上げた。

「この国を出るのですか？　そんなことをしたら、もう貴族ではいられないのですよ」

「我ら一族は元々平民だったんだ。平民に戻ることは、なんということもない。それに、暮らしに困らないくらいのお金は貯めているよ」

「ええ!?」

いつかこの国を出るときのために、父様はお金を貯めていたらしい。もう逃げる国も決まっているから心配はいらない、と。

あまりに用意周到な父様に、わたしはついていけない。

家族みんなで国を捨てていいのだろうか？

それにわたしは、ダリウス様を見捨てて幸せになれるの？

わたしがダリウス様を助けることができれば万々歳なのに、何もせずに逃げてしまって、後悔しない？

でもここでダリウス様を助けたとしても、この国にいる限り、また同じようなことに巻き込まれるかもしれない。

わたしは治癒魔術を使うつもりだったけれど、知識も覚悟も足りなかったのだろう。

父様はわたしの返事を待っている。しかしわたしは、答えることができなかった。

「うーん。栄養失調に関してはよくなっていますが、まだ万全とは言えませんね」

夕食前にわたしの診察をしてくれたジュート先生は、少しだけホッとしている様子で言った。

「治癒魔術を使っても大丈夫なくらい回復していますか？」

その質問に、ジュート先生は困ったような表情になる。

「まだやめた方がいいですね。とはいえ、正直言うと、よくわからないんですよ。ダリウス様の病気は特殊で、治癒魔術がまったく効かないともいわれている。それは、今まで試してきた医術師の治癒魔術ではまったく反応しなかったからです。男爵はカスリーン様の治癒魔術だったら治すことが可能だと確信していますが、私にはわかりません。……カスリーン様は、ダリウス様を治すことができると思いますか？」

わたしはしばし考えると、ゆっくり頷いた。

「わたしの治癒魔術にはダリウス様を治す力があると思います。まだダリウス様を見てもいないのに変ですが、父様の話を聞いてからなんとなくわかるんです。でも魔術を使ってわたしがどうなるのかは、ダリウス様と対面しないとわかりません。明日は魔術師の方と話すことになっています。【時止め】の魔術について知っておかないと、治すときに困りそうなので……」

ジュート先生は眉尻を下げ、心配そうに声をかけてくれる。

「それは……もしかして、もう治癒魔術を使うと決めてるんですか？」

「わたしは自分の命を犠牲にしてまで、助けようと考えているわけではないです。ダリウス様を診て、わたしには難しいと判断したときはお断りします。でも二人とも助かる道があるのなら、試してみるつもりです。ただ心配なのは、治した後のこと……わたしが治癒魔術を使うことによって、わたしの一族が皇族に利用されていくことになったら困るのです。だから、どちらにしても国を出ようと考えています」

　わたしはダリウス様に治癒魔術を使った後、父様の言う通り他国に行くことを了承した。今回ダリウス様を助けることができたとしても、将来、わたしたちの子孫が曾祖母のように死ぬことになる危険を排除するためだ。

　先生はわたしの最後の言葉に目を見張り、苦笑した。

「カスリーン様たちは優しすぎますよ。もう出ていくと決めているのなら、このまま逃げた方がよっぽど楽なのに……」

　ジュート先生の言うように、このまま逃げた方が楽なのかもしれない。でもわたしにはダリウス様を見捨てることはできない。

　魔術師たちの部屋はとても汚かった。とにかく本があらゆる場所を占領していて、椅子もその役目を果たしていない状態だ。

魔術師は三人いて、交代でダリウス様を診ているらしい。ただ診ているだけでなく、この部屋で研究をしているそうだ。研究は帝都にある研究所で行われているのと同じ、【ループ】についてだ。いくら研究しても終わりはない。

研究の様子を眺めていると、魔術師の一人に声をかけられる。ルパートさんといい、三人の中でリーダー役の人だ。

「不躾で恐縮ですが、カスリーン様の血も提供していただけないでしょうか」

わたしが返事をする前に、ついてきていた父様が即断った。

「駄目だ。前に私の血を提供してある」

「できれば、治癒魔術の使い手であるカスリーン様の血で研究したいのです。研究次第では、【ループ】に終止符を打てる可能性もあるんですよ」

「治癒魔術の使い手なら、他にもいるだろう。その者からもらえばよい」

「彼らの血はもう試しましたが、なんの反応もありませんでした。彼らはダリウス様の病を治すことのできなかった人たちですから」

もしルパートさんの言うように、わたしの血で特効薬のようなものができるのなら、提供した方がいいのかもしれない。でも……血を使い、人を操る魔術も存在する。気軽に他人に血を渡すべきではないだろう。

父様も同じ考えらしく、ルパートさんに向かって首を横に振る。

「その血を使ってカスリーンを傀儡にすることもできるというのに、許可できるわけないだろう」

「僕はそんなことに手を貸しませんよ。ただ純粋に研究したいだけです」

病気を治したいではなく、研究をしたいか。ルパートさんは本当に、研究一筋の魔術師のようだ。でも巡り巡って誰かに悪用される可能性もあるので、やっぱり血を提供することはできない。

「本当にルパートはあの頃と変わらないな」

父様はフッと笑った。どうやら知り合いだったみたいだ。魔術師のマントのせいで顔がよく見えないけれど、父様と同じくらいの年齢のようだから、ヴィライジ学院の同級生なのかも。

「男爵も変わっていない。だがあの頃より疑り深くなったな。僕はあの頃、殿下、いや今は陛下になるのか。君と陛下に乗せられて、今もこの件にかかりきりだ。そろそろ他の研究もしたいものだ。だいたい、どうしてカスリーン様の血を渡すことを渋っていたんだい？　そうすればダリウス様をもっと早く治せていたかもしれない。カスリーン様が治癒魔術を使えるのを知らなかったとは言わせないぞ」

ルパートさんは苦々しい表情だ。父様に内緒にされていたのが腹立たしいのだろう。

そんなルパートさんに、父様は威張るように言う。

「わかっているだろう。公爵様に気づかれたらどうなっていたと思う？　幼いカスリーンに治癒魔術を使わせれば、確実に死んでいた。そんな危険をおかせるわけがなかろう」

ところで、と父様は話を変える。

「ダリウス様にかけている【時止め】が切れそうだと聞いたが、どのくらい持ちそうなんだ？　もしカスリーンが血を提供したとして、治療方法を探し出すのは間に合うのか？」

「それは……なんとも言えない。ダリウス様の身体には、少しずつ痣が広がっている。それに身体自体も成長しているような気がする。【時止め】を使っていても、すべてを止めることはできていないのだろう」

ルパートさんは悔しそうに言う。

「ふむ。ダリウス様の部屋に、誰にも知られずカスリーンと私を入れることはできるか？カスリーンが確かめたいことがあるらしい」

「公爵様にも内緒でか。そうだな……この後、魔術師三人で【時止め】の魔術に変化がないか確認することになっている。そこに紛れるのはどうだ？　ただ、誰もいないはずだが、絶対とは言えないぞ。バレたら追い出されたり、治癒魔術を使うよう強制されたりするかもしれない。それでも行くのか？」

父様がわたしを見た。わたしはそっと頷く。それしか方法がないのなら仕方がない。とにかくダリウス様を近くで見ないことには、進むことができないのだから。

わたしと父様は魔術師のマントを借りてフードを深く被る。そしてわたしは、ドキドキしながら父様とルパートさんの後ろをついていった。

ダリウス様の部屋の前に来ると、ルパートさんはノックをして扉を開けた。

わたしはルパートさんの陰から部屋の中を覗き込む。

この部屋は夢の中と一緒だ。そしてベッドで眠っている黒髪の少年は、見覚えのある懐かしい顔をしている。ダリーで間違いない。

わたしはドキドキしながら、ルパートさんの後について部屋の中に入った。ダリー――ダリウス様に思わず駆け寄りそうになったけれど、隣に並ぶ父様に腕を掴まれたせいで、ゆっくり歩くしかなかった。

眠っているダリウス様は、まだ十歳くらいの少年の姿だ。その首にまで、痣が広がっていた。この痣が【ループ】の証なんだ。

ダリウス様を見れば【ループ】の様子がわかると思っていたけれど、なぜだかよくわからなかった。今まで治してきた病気や怪我とは、まったく異質な感じだ。

「これは病気ではないわ。魔術とも違うし……もしかして、呪い？　でも、なんの呪いなの？」

呪いは魔女にしか使えないもので、魔力を利用しているのに魔術とは質が異なる。三代目の皇帝がそれを恐れて、魔女狩りをした。魔術と違って、呪いはそのときだけでなく、死ぬまで解呪されず苦しむことが多い。でも曾祖母(そうそぼ)が治せたということは、わたしの治癒(ちゆ)魔術で治せるということだ。どういうことなのかしら。

「何かわかったのか？」

父様がわたしに尋ねてくるが、答えられなかった。

皇族全員が【ループ】にかかるのなら呪いとしてわかりやすいけれど、そういうわけではない。父様の話では、成人した者がかかったという記録はなかったらしい。だからと言って、成人した者は絶対にかからないとは言い切れない。そこまでの資料はないからだ。

でも、呪いなのにかかる者が限定されることってあるのかしら。

もう少し勉強しておけばよかった。わたしにはサッパリだ。

「これが病気とは違うものだということはわかる。医術師の魔術がまったく反応しないのも、そのためね。……多分これは、わたしにしか治せないと思う」

「それは命を落とすことなく治せるのか？」

「……今のわたしでは、ダメだと思う。治せるはずだけど、今、治癒魔術を使うのは少し危険な気がする」

父様はわたしの話を聞くとただ頷いた。

本当は今すぐにでも治したい。ダリーを苦しみから救いたい。

しかしそれで彼が助かっても、わたしが死んだらダリーはきっと悲しむだろう。それではダメだ。

わたしの言葉に食いついたのは、ルパートさんだ。

「それはどのくらいかかる？【時止め】の魔術はいつまで持つかわからないが、君が治せるようになるまでは、なんとか持たせるよ。希望があるだけマシだ。今まではなんの希望もなかった。ただ魔術で抑えられなくなるまで、見届けることしかできないと思っていた。だが今は希望がある。だから、なんとか持たせよう」

わたしが返事をしようとしたとき、ダリウス様の枕元に一人の男性が現れた。

「その答えは私も知りたいな」

帝都にいるはずの、ユーリ皇太子殿下だ。

「ユーリ殿下！」

わたしは驚きの声を上げてしまう。

どうやらユーリ殿下は転移魔術を使ったようだ。

なぜここに殿下が現れたのか――疑問に思い、すぐにその答えに気がついた。ここにダリウス様がいるからだ。

ダリウス様にかけられている【時止め】の魔術が切れかかっていると聞いて、転移魔術を使ってきたのだろう。

わたしはとっさに、深く頭を下げた。

「ユーリ殿下、勝手に城を出て、申し訳ありませんでした！」

「謝らなくていい。そのことは私に非があった。……カスリーン、君に話があるんだ。君がここにいると報告を受けて、会いに来た」

その言葉にわたしは驚く。すると殿下は悲しそうな目でわたしを見て、手を握ってきた。

次の瞬間、知らない部屋で彼と二人きりになっていた。転移魔術を使ったのだろう。

わたしが戸惑っているうちに、ユーリ殿下は話しかけてくる。

「カスリーンは、治癒魔術を使えたんだね。二年間も一緒にいたのに、魔力があることなかった」

も、侍女たちにいじめられていたことも、お金に困っていたことも何一つ話してはくれ

「どうしてそのことを知っているのですか？」

侍女にいじめられていたことは、殿下には相談したことがない。それなのに殿下はすべてを知っているようだ。

「君の侍女のバニーが、全部話してくれた。私は侍女長と従者のアレスに騙（だま）されていたんだ。侍女長が侍女を使って君をいじめていたことを、アレスは知っていたのに、私に話してくれなかった。私は君のことを彼らに頼んでいたんだ。まさか裏切られるとは思っていなかった。……君がドレスを欲しがらないのも、何もしないのも、私との未来に興味がないからだと思わされていた」

「ごめんなさい」

わたしは彼にこの言葉しか言えない。

殿下はわたしの言葉にビクッと震えた。

「ごめん。違うんだ。君に謝ってもらいたかったんじゃない。私が悪かったんだ。二年間も一緒にいて、君を傷つけることしかできなかった。そんなつもりじゃなかったのに、結局私は君に甘えていた。そんな私を君が信用しなかったのは、当たり前だ。本当に、

申し訳なかった」

殿下は跪くようにしてわたしに謝っている。正直、なぜ殿下がこれほど謝るのかわからなかった。

確かにわたしは彼の言葉に傷つけられた。

けれど、彼は皇太子なのだから、わたしに跪いて謝るのはおかしい。わたしは彼にとって妾であり、妃ではなかった。それだけなのだろう。

「ユーリ殿下、わたしはあなたから『愛妾にならないか』と言われてホッとしたんです。一度はプロポーズをお受けしたけど、身分の低いわたしは、正妃になるのが怖かった。だから殿下が妃にという言葉を撤回して愛妾として迎えると言っても、あなたの手を取りました。わたしに拒否権があると思っていなかったことは確かですが、殿下に惹かれていたことも嘘ではありません」

殿下はわたしの話を黙って聞いている。あまり驚いていないところをみると、彼はわたしの気持ちを知っていたのかもしれない。

「侍女長からのいじめについては、わたしが早く殿下に助けを求めていたら、ひどくならなかったと、今では思っています。いじめられていることが恥ずかしくて、言えなかったんです」

侍女長が何を思っていたのかはわからない。けれど、彼女も上からの指示で、どうしようもなかったのかもしれない。

わたしの言葉に、ユーリ殿下の表情が険しくなる。

「彼女たちは許されないことをした。皇太子の愛妾の立場は、決して強くはない。だが、君の世話を彼女たちに任せたのは私だ。侍女長には直々に頼んだのに、彼女はその仕事をしなかったばかりかカスリーンを追い出そうとしていた。彼女には、城を出ていってもらうことにした。実家に帰るはずだ。他の侍女たちも、城から出ることになったよ」

「バニーもですか?」

「いや、彼女は母上——皇妃の侍女として働いている。彼女の証言もあって、侍女長を城から追い出せることになったからね。裏で糸を引いていたと思われるオズバーン侯爵家にも責任を取らせるべきなのだが、証拠がなくて今は動けない」

「えっ?　わたしに対するいじめは、オズバーン侯爵家の命令だったのですか?」

オズバーン侯爵家は、殿下の正妃に決まりかけていたカテリーナ様の家ではなかったかしら。ああ、それでわたしが邪魔だったということ?　わたしがいじめられたのは、二年も前からだ。彼女はその頃から正妃の座を狙っていたのだろうか……

疑問を口にすると、ユーリ殿下は頷いた。

「そうだ。愛妾(あいしょう)など気にしないと彼女は言っていたが、嘘だったようだ。必ず証拠を見つけて、処分を下すつもりだ」

わたしは殿下に、わたしをいじめていた人たちを断罪してほしいと思っているわけではない。しかし余計なことは言わず、ただ頷(うなず)くだけにとどめた。

殿下はなおも跪(ひざまず)いている。まだ何か話があるのだろうか。

「君が城を出たのは、私の言ったことが原因だというのはわかっている。自分でも最低なことを言ったと後悔している。もう私のことは嫌いになったかい？」

ユーリ殿下はわたしを見上げるようにして尋ねてくる。

「嫌いだなんて、そんなことありません。ただ、城を出たことは、わたし自身にとってよかったと思っています。もしあのままあそこにいたら、ダリウス様のことを知らずにいたかもしれませんし……。そういえば、ユーリ殿下はダリウス様の病気について、詳しく話してくれたことはなかったですね」

「ダリウスが十歳のまま時を止めていることは、誰にも知られるわけにはいかなかったんだ。君も私に治癒(ちゆ)魔術が使えることを話してはくれなかったね」

「家族以外には話さない、と父と約束していたんです。特に二十歳になるまでは内緒にするように、とキツく言われていたから、話すことができませんでした」

父様は、わたしの魔力が安定する前にダリウス様を治すことにならないよう、配慮してくれたのだろう。

「男爵は、私が君に無理やりにでもダリウスの治療をさせると思っていたのかな。だが確かにあのときは詳しいことを知らされていなかった。もし治癒魔術を使えると聞いていたら、君をダリウスのところに連れてきていたかもしれない」

殿下がダリウス様のことをとても大事にしているのは、話しぶりから察していた。だから殿下の気持ちはよくわかる。

「だが私は、君を犠牲にしてまでダリウスを助けようとは思っていない。ダリウスは大事な従弟だが、君のことも大事に思っている。私の心の中にいるのは、出会ったときからカスリーンだけだ。ただ、君に魔力がないと思っていたから、二年前に妃にすることができなかった。ダリウスの病が治って結婚すれば、彼はいずれ皇位継承権を持つ子を得るだろう。君との間に子供が作れなくても、ダリウスが子を持ったら、跡継ぎ問題はなくなる。きっと君を正妃にできると思って、ダリウスを治せる人を二年間ずっと探していた。それなのに、まさかダリウスを治せる者がカスリーンだったなんて、皮肉な話だ」

ユーリ殿下は苦笑して続ける。

「カスリーンが城を出た日は、本当にひどいことを言ってしまったが……私は君を妃にしたかったんだ。だから、カテリーナ嬢を正妃にという話は断ろうと思っていた。しかしカスリーンは、私が正妃を娶っても構わないと言っただろう？　だから、頭に血が上ってしまった。それで思わずひどいことを言って……申し訳なかった。あのとき言ったことを今さら取り消せるとは思っていないが、あれは本心ではない。私の隣にはカスリーンにいてほしいと、今でも思っている」

　殿下とはもう終わったと思っていた。彼に対する気持ちには、もう区切りがついている。それに今後のことは、父様と決めてしまった。

　今さらそんなことを言われても、どうすることもできない。

　わたしは答えることができず、話を変えた。

「ユーリ殿下はダリウス様のことで、わたしに話すことはないのですか？」

「もしかして、ダリウスに治癒魔術を施してもらうために、私が謝っていると思っているのかい？　ダリウスのことはまた別の話だ。私は本当に反省している。君に私のもとに戻ってきてほしい」

　ユーリ殿下の苦しそうな表情を見ていると、わたしに悪いことをしたと思っているのが伝わってくる。でももう、元の気持ちには戻れない。わたしとユーリ殿下の間には、大きな溝ができてしまった。

それは【ループ】のことだ。これが存在する限り、わたしの家族は危険に晒(さら)される可能性が残る。

さらに今はユーリ殿下のことよりも、わたしをずっと支えてきてくれたダリー――ダリウス様の方が気になる。

「カスリーン、君に戻ってきてほしい。私の手を取ってくれないか」

「ごめんなさい、殿下。わたしは城を出るときにもう城には戻らないと決心したのです。殿下の手を取ることはできません」

ユーリ殿下はわたしの言葉を聞いてうな垂れた。でもはっきり断らないと、未練を残すことになる。

わたしは彼の手を引いて立ち上がらせ、近くのソファに座らせる。いつまでも跪(ひざまず)かせているわけにはいかない。

「それより、ダリウス様のことなのですが」

ユーリ殿下もダリウス様のことは気にかかるらしく、大人しく話に乗ってくれる。

「カスリーンは本当に治せると思ってるの？　今までも、治癒(ちゆ)魔術の使い手が何人も試して駄目だったんだよ」

「あれは、ただの病気じゃないと思います」

「それを、君は治すことができるのか？　危険はないのか？」

　ユーリ殿下はわたしを心配してくれているようだ。てっきり、問答無用で治させようとするものだと思っていたから、意外だった。

「体調が万全なら危険は少ないはずです。曾祖母のときは、地震で怪我をした人に治癒魔術を使って、魔力も体力も低下していたから、命を落としてしまったのだと思います。曾祖母の調子が戻るまで待ってくれていたら、曾祖母も亡くならなかったでしょう」

　殿下はわたしの話を聞いてホッとしたようだ。

「そうか。君に危険がないのならいいんだ。では私の役目は、叔父上が暴走しないように抑えることだけだな」

　殿下と話ができてよかった。本当は城を出る前に話さなくてはならなかったことだ。あのときのわたしは、逃げることしか考えていなかった。

　ダリウス様が治れば、ユーリ殿下はきっと喜ぶだろう。二人が仲良くこの帝国を治めるようになるのはずっと先で、その頃わたしは違う国で暮らしているかもしれない。

　それでもわたしは、彼らのために治癒魔術を使うと決意した。

　その後、わたしに用意された部屋に戻ると、父様が待っていた。父様とも相談した結果、公爵様にダリウス様と無断で会ったことを謝罪することにする。

父様は身支度を整え、男爵らしい姿になった。

「身分を偽って公爵家に乗り込んだことも、謝らねばな」

不本意そうではあったけど、父様がギリギリの礼儀を守ろうとしてくれてほっとする。

さっそく、父様とユーリ殿下とわたしの三人で、公爵様の私室を訪ねた。

公爵様は驚いた様子もなく父様を見て、ただ頷く。父様は目を見張り、頭を下げようとした。

「公爵、このたびは――」

しかし公爵様は父様を手で制止し、首を横に振る。

もしかして、公爵様ははじめから父様の変装を見破っていたのかもしれない。すべてを悟った上で、この件は不問に付してくださるということだろうか。

同じように考えたのか、父様は少し迷った後、何も言わずに深々と頭を下げた。

すると、公爵様は頷いて用件を尋ねてきたので、先ほどわかったことを伝える。

「もう少し時間をかけて体調が万全になれば、カスリーン嬢はダリウスを治すことも可能なのか？」

ダリウス様を治すことができそうだと聞いて、公爵様はホッとした顔になった。公爵様の、親としての顔だ。

「ただ、それがどのくらいかかるのかはわかりませんので、毎日顔を見に行こうと思っています」

わたしがそう言うと、ユーリ殿下が口を開いた。

「私も一緒に行くよ。ダリウスのことは、君だけに任せていいことではないからね」

殿下はきっとわたしが無理やり治癒魔術を使わされるのでは、と心配しているのだろう。そのことに、公爵様はすぐに気づいたらしく、不機嫌な声で言った。

「治せることがわかったのに、無理やり治療させるようなことはしないよ」

それに対して、ユーリ殿下は肩をすくめただけで、何も言わなかった。

「しばらくはこちらに滞在させてもらうことになりそうです」

「それは、こちらからお願いしなければならないことだ。ダリウスのことを頼む。この通りだ」

公爵様はわたしに頭を下げた。これにはわたしだけでなく、殿下も驚く。

「頭を上げてください。わたしは自分にできることをやるだけです。無理なら断っています」

「それでも私は、ダリウスの親としてお礼を言いたいのだ。もう駄目だと何度も思った。

なぜこんな病気に息子がかからなければならないのかと、悪夢を見ているような毎日だった。それが今、助かる可能性が出てきたのだ。頭を下げることなどなんでもない」

公爵様はとても喜んでいる。多分大丈夫だとは思うけれど、【時止め】の魔術が解けかかっているのも事実なのだから、安心はできない。

「公爵様に一つうかがいたいのですが、公爵様は【ループ】というものを知っていらしたのですか?」

「私は皇族として育っているので、話は聞いていた。……君の曾祖母君が、父の治療のために亡くなったということも、知っていた。先日そのことを君に伝えず、不誠実なことをして、申し訳なかった。君の曾祖母君は亡くなってしまったが、治癒魔術を使った後も無事だった人もいるという。ただ、曾祖母君のことを話したら、君がダリウスに治癒魔術を使うことを拒むのではと怖かったのだ。君の命に危険があっても強制させようとしていたわけではない」

公爵様は、本当に申し訳なさそうな表情で頭を下げた。身分の高い人にそんなことをされて、わたしは慌ててしまう。

「公爵様のお気持ちはわかっています！　大丈夫です！　それで、公爵様は【ループ】についてどのくらいのことを知っていらしたのですか?」

「主に、症状や皇族がかかるという話を聞いていただけだ。ただ、【ループ】に自分がかかるとも、息子がかかるとも思わなかった。私はいずれ皇家を離れるから、関係ないと思っていたのだ。だがそれは間違いだった。皇家から外れて公爵になっても、皇族の血を継いでいる限りこの病から逃れることはできないのだろう」

「それは、誰かから聞いた話ですか？　皇家から出れば【ループ】にかかることはないと」

父様が尋ねると、公爵様は首を傾げて考えていたが、思い出せないようだった。

「よく覚えていないな。もしかしたら小さい頃に誰かに言われたのかもしれないが……。それがどうかしたのか？」

公爵様は父様を見て尋ねる。

「いえ、この病について、他にも知っている人物がいるのではないかと思いまして。この病は不可解なことが多く、長年研究していてもわからないことだらけです。病にかかる条件が皇族の血を引くということだけなら、もっとかかる方がいてもおかしくない。何か見落としていることがあるのではないかと思ったのです」

父様の話を聞いて、公爵様もユーリ殿下も真剣に考えこんだ。皇族がかかるなら、殿下がかかってもおかしくない。それに、なぜダリウス様だったのか。わからないことだらけだ。

公爵様はむむと唸った。

「男爵が言うように、おかしいな。私はずっとこの病に悩まされてきたのに、男爵に言われるまで考えもしなかった」

「私もダリウスを治すことばかり考えていた。この国の皇太子として、もっと目を向けなければならないことはあったのに……なぜダリウスで、私ではなかったのか。そこに鍵があるような気がします」

殿下の発言に、一同は考えこむばかりだった。

「お姉ちゃん、無事だったんだね」

パックがいる部屋に戻ると、彼は嬉しそうな声を上げた。パックの隣でジュート先生も微笑んでいる。ダリウス様を見に行くことは話していたので、心配してくれていたようだ。

ここは、わたしたちの食事が運ばれてくる部屋だ。わたしが借りている部屋の隣にある。今から食事で、メイドによってその準備をはじめられていた。

ジュート先生やパック、父様も同じ部屋で食事を共にすることになっている。ユーリ殿下も一緒に食べるつもりのようで、同席していた。

「パック、心配かけてごめんね。体力が戻り次第、ダリウス様を治すことに決めたわ。今のわたしにはまだ無理みたいだけど、栄養失調なんてすぐに治すわよ」

「でもお姉ちゃんはあんまり食べないから、すぐには無理じゃないかな」

　確かにパックに比べたら少ないかもしれないけれど、最近はだいぶ食べられる量が増えてきた。食事の回数も増やしているし、ジュート先生にもらった栄養失調に効く薬も呑んでいる。治る日はそう遠くないだろう。

　パックは殿下のことが気になるようで、チラチラ見ていた。そしてわたしの手を引いてユーリ殿下から離れた椅子に座らせ、隣に自分が座る。

　そのことに気がついた様子もなく、ユーリ殿下は声をかけてくる。

「カスリーン、この公爵家のサンドイッチは美味しいと有名なんだよ。君はもう食べたかい？」

　殿下はわたしの味覚障害のことは知らない。

　ここにいる人たちは殿下以外みんな知っているから、揃ってなんとも言えない顔になった。

　パックに至っては、殿下を睨みつける。わたしはユーリ殿下がパックの様子に気がつかないように、身を乗り出して返事をした。

「ここでのはじめての食事が、サンドイッチでした。ソースがいいのかとても美味しかったです」

「そうだろう。このソースは私とダリウスが考えたんだ。まあ、私たちが考えたのは原案みたいなもので、ここの料理長がもっと素晴らしくしたんだけどね」

ダリウス様と殿下が作ったソースの味が知りたいと、心から思った。味わうことができないのがとても悲しい。

わたしは栄養失調と味覚障害を早く治すため、がんばろうと心に誓ったのだった。

ダリウス様をはじめて見舞ってから一週間経ち、いよいよダリウス様に治癒魔術を施すことになった。

まだわたしは全快していないのだけれど、【ループ】を抑えていた【時止め】の魔術が解けかかってしまい、痣がジリジリと広がりはじめたのだ。

それでも公爵夫妻はわたしに治せと命令することはなかった。

殿下が何か言ってくれたのだろうか？　公爵様に何か言えるとしたら、ここには殿下しかいない。でも殿下はわたしには何も告げない。ただ、わたしのそばにいるだけだ。

「本当に大丈夫なんだな」

父様の顔は心配そうだ。本当は止めたいのを我慢しているように見える。もし止められたとしても、わたしは治癒魔術を使うことをやめるつもりはない。ダリウス様に治ってほしいから。

「大丈夫です。かなり時間をいただいたので、命を落としたりはしないでしょう」

不安があるなんて言ったら屋敷から連れ出されそうなので、自信満々の態度で父様を安心させようとする。でもなぜか父様は前より不安そうな顔になってしまった。どうしてだろう。

「お姉ちゃん、僕は部屋には入れないみたいだから、ここで待ってるよ。絶対に帰ってきてよね」

パックも心配そうだけれど、止めるようなことは言わない。わたしの決心が変わらないことを知っているからだ。

「うん、パックが待っててくれてるから、絶対に帰ってくるね」

殿下は口を開いたが、何も言わずに口を閉じた。

「私は後ろに控えてます。他の医術師の方も私と一緒にいますからね。よほどのことがない限りは助けてみせます。ですが、無茶なことだけはしないでくださいね」

ジュート先生は力強く言ってくれる。

「ジュート先生が後ろにいてくれるだけで安心できます。魔力が枯渇しそうなときは、助けてくださいね」

今回は、曾祖母のときとは違う。

みんな、わたしの体力が回復するまで待っていてくれた。

だから大丈夫。みんな、ついてくれている。

ダリウス様の部屋に行くと、公爵夫妻と魔術師のルパートさん、そして医術師の方々が待っていた。たくさんの人がいるけれど、それが気にならないほど、ダリウス様の部屋は広い。しかもここは寝室で、右隣には勉強部屋があり、左隣には応接間もあるそうだ。見てはいないけれど、その部屋もここと同じくらいの広さなのだろう。公爵家の嫡嗣はやっぱり違う。

部屋を眺めながらそんなことを考えて、一向に動かないわたしが気になったのか、父様が咳払いをした。

そうだ、今からダリウス様に治癒魔術を使うんだった。頭を切り替えなければ。

わたしが頭を振っていると、公爵夫人が心配そうに声をかけてくる。

「カスリーンさん、もし体調が悪いのでしたら、治癒魔術は使わなくていいのですよ」

「何を言ってるんだ。ダリウスが死んでしまうぞ」

公爵様が慌てて夫人を止めた。しかし夫人は毅然として夫に応じる。

「ダリウスは優しい子です。自分のせいで彼女が死んでしまうことは望まないはずです」

「そうだ。その通りなのだが……」

公爵様も公爵夫人も、息子のことを助けたいのに、わたしのことも気遣ってくれている。

その気持ちがありがたくて、わたしは二人に笑いかける。

「公爵様、公爵夫人。わたしは自分が死ぬとは感じていません。きっとダリウス様は治してみせますし、わたしも死にません。安心して見守っていてください」

それでも公爵夫人は心配そうだった。彼女は本当に優しい方だ。

きっとダリウス様も同じように優しい方なのだろう。わたしは夢の中で会っていたダリーしか知らないけれど、彼もいつもわたしを心配してくれていたから。

わたしはベッドの脇に立つと、ダリウス様の痣を見た。

そして深呼吸をした。

ダリウス様の首にまで広がった痣は、彼の命を蝕んでいる。けれど彼に苦しみはまったくないようだ。医術師の人が痛みを止めているのかもしれない。

一番はじめにできたという左手の甲にある痣に手を当てると、緑の光がわたしたちを包む。

うわっと思った瞬間、意識を持っていかれる。そのくらい急激に、魔力がゴッソリ削られた。ああ、制御できない。そこで緑の光がフッと消えた。

「ダリー！」

意識が飛ばされそうになって思わず呼んでしまったのは、ダリーの名だった。


気がつけば、夢の中で会っていたときと同じ暗闇の中にいた。

「どうしてここにいるの？」

ダリウス様……青年姿のダリーは、いつもと同じようにこの空間にいる。確かに治癒魔術を施したのに、効かなかったの？　それにわたしも、どうしてここに来たのかしら。

「ごめんね。それは私にもよくわからないな」

戸惑うわたしに、ダリーはそう答える。

治癒魔術を使ったとき、ゴッソリ魔力を失い、意識が飛んだことを思い出した。

それでわたしは眠ってしまい、また夢を見ているの？

「たしか治癒魔術を使ったんだけど、ダリーがまだここにいるってことはダメだったの？」

「私にはわからないよ。でも痣は消えたみたいだから、治ったのかもしれない」

暗闇の中、ダリーは何かを覗き込むような動作をする。わたしも真似すると、そこにはダリーが眠っていた部屋の様子が映し出されていた。

現実の世界のわたしは、ベッドに横たわるダリウス様の身体の上に倒れている。みんなが驚いて何度もわたしを呼ぶ。ダリウス様を呼ぶ声もあった。

「ダリー……ダリウス様はいつも、ここから屋敷の中の出来事を見つめていたの？」

「ああ。他に行くところなんてないからね。ここでみんなを見てた。カスリーンが時々、ここに現れているときはよかったけど、この二年の間はたった一人で過ごしていた。もういっそ殺してくれと思ったこともあるよ」

次の瞬間、現実世界が見えなくなり、再び暗闇が広がる。

この空間には、光どころか何もなかった。これではなんの楽しみもない。

「ここは暗いから、考えることも暗くなるのよ」

「母上が部屋に花を飾ってくれると、明るくなるんだ。カスリーンが現れるのはたいてい夜だったから、明るいときは知らないよね」

花を飾ると明るくなるのか。はじめて知った。

公爵夫人が飾る花のおかげで、ダリウス様は正気を保っていられたのかもしれない。精神だけとはいえ、ずっと暗いところにいたら、病んでしまってもおかしくない。

「ねえ、ダリウス様の病気は治ったのよ。もう、帰りましょうよ。こんな暗い世界ではなく、光の当たる場所の方がダリウス様には似合っているわ」

「……もう大人なのに、子供の身体に戻るのか」

そうだった。本来ならわたしより年上なのに、【時止め】によってダリウス様の身体は十歳のままだ。

「複雑な気持ちなのはわかるわ。でも、今戻らないと、せっかく治したのに死んでしまうかもしれない」

本当は、もっと早くわたしがダリウス様を治せていればよかったのだろう。

しかし申し訳ないけれど、この年にならないとわたしはダリウス様を治せなかった。それでも、ダリウス様がわたしにしか治せない病気にかかっていることを本能的に察して、わたしの精神だけがダリウス様のところへ訪ねていったのではないかと思う。

「早く治してあげられなくて、ごめんなさい。わたしが大人になるまで、十四年も待たせてしまった。……もしも出会ったばかりの頃にダリウス様の病気を知っていたら、わたしは治癒（ちゆ）魔術を使っていたかもしれない。でもあのときのわたしでは、きっと二人とも助からなかったわ。だから遠回りしてしまったように思うだろうけど、これが最善だったのではないかしら」

わたしの言葉に、ダリウス様は悲しげな顔になる。

「わがままを言って、ごめん。ここにいるといろんな話が聞こえてくるから、君が命がけで私を救ってくれたこともわかっている。君の気持ちを無下にするつもりはないが、十四年が長すぎて、つい甘えたことを言ってしまった。私を助けてくれてありがとう、カスリーン」

確かに、十四年は長すぎた。わたしがもっと早く生まれていれば、こんなに待たせることもなかったのに。

「ねぇ、さっき、ここからあちらの世界が見えてたわよね。今も見ることができるの？」

「ああ、私が見たいって思ったら見られるよ」

ダリウス様がそう言った瞬間、真っ暗な空間にまたあの部屋が現れた。でもそれは、手を伸ばしても届かない。ただ見えて、話が聞こえるだけだった。

現実世界のわたしは、相変わらずダリウス様の上に倒れている。父様と殿下はわたしの名前を呼び、公爵夫妻はダリウス様の名前を叫んでいる。

大丈夫だと教えてあげたいけど、わたしの声は届かない。

「ねえ、あなたの父様と母様も呼んでるわ」

わたしが言うと、ダリウス様はじっと二人を見つめ、口を開いた。

「十四年は長かった。同じ年月を子供の身体でやり直すことが、少し怖いんだ。それに、目を覚ましたらこれからは、きっとカスリーンと会うことも滅多にできなくなるだろうね」

ダリウス様の不安はわかる。でも、逃げているだけでは何も解決しない。

わたしが年を重ねたから、ダリウス様を助けることができた。もしも現実から目を逸らしてあのまま殿下のもとにいたら、ダリウス様に会うこともなかったかもしれない。

「大丈夫、いつでも訪ねるから。また会えるわ」

わたしはダリウス様の手をぎゅっと握る。

ダリウス様のもう一つの気がかりは、身体が十歳のままであること。それに対して、成功するかはわからないけれど、わたしは対策を考えてある。

「ねぇ、ダリウス様。【時止め】は、ただ身体の時間を止めているだけなの。きっと奇跡が起こるから、一緒に行こう」

ダリウス様の手を引くと、わたしは明るい方へ駆け出した。

誰かに呼ばれた気がして、わたしは重い瞼を開ける。

やだ、眩しい。

「う、目が潰れそう……」

それがわたしの目覚めの言葉だった。

「カスリーン、大丈夫か？」

目を何度もパチパチさせると、父様の顔がすぐ目の前に現れる。わたしは思わず、悲鳴を上げてしまった。

「きゃあぁぁぁぁぁ……ッ！　あ、と、父様……」

父様は地味に落ち込んで、一歩下がる。

わたしはベッドに横たわっていて、すぐそばに父様とパック、そしてユーリ殿下が立っていた。

父様に同情したパックが、わたしに抗議してくる。

「お姉ちゃんは、一週間も目を覚まさなかったんだよ。男爵様はすっごく心配してたのに、悲鳴を上げるなんて可哀想だよ」

「ごめんなさい、悪気はなかったのよ。寝起きだったから、びっくりしちゃって。それと、心配かけてごめんなさい」

わたしは心を込めて謝った。パックの隣に立つ殿下も、わたしの無事を喜んでくれている。

「カスリーン、君が無事で本当によかった」

「ありがとうございます、殿下。ところで、ダリウス様はどうなったのですか？」

「君と同じで眠ったままだ。でも君の魔術のおかげで痣が消えたから、もう死の危険はないだろうと医術師が言っていたよ。カスリーン、ダリウスを助けてくれて本当にありがとう」

わたしはホッと、安堵の息をついた。【ループ】という呪いの脅威は消え去ったようだ。

ふと、最後にダリウス様に会った暗闇の世界を思い出す。あれが本当にダリウス様の精神の世界だったのか、単なるわたしの夢だったのかは、わからない。

どちらにしても、ダリウス様はこれから失われた年月を取り戻さなくてはならない。きっと大変だろう。

「ダリウス様はこれから大変です。ユーリ殿下は手助けしてあげてくださいね」

思わず、余計なことを言ってしまった。別れた愛妾の出しゃばりに気分を害されないだろうか。

そんな心配をしたが、殿下は頷いてくれた。

「もちろんだ。それにダリウスなら、十四年分なんてすぐ取り戻すさ。ダリウスは十歳にして、もう教えることがないと学問の教師たちに言われたくらい、優秀だったんだよ」

何それ……ダリウス様、すごすぎる。そんな優秀な従弟がいるユーリ殿下は、嫉妬したりしなかったのだろうか。あまりに比較されると、嫌いになってしまうことだってあるだろうに。

「ダリウス様はすごいけど、妬んだりとかしなかったの？」

パックも驚いたのか、敬語を忘れてユーリ殿下に尋ねている。

「私はダリウスの二歳上だけど、あっという間に抜かれたからな。私は嫉妬を感じる暇もなかったよ。だが周囲の者からは、盛大に妬まれていた。先生の中にはダリウスの優秀さを認めたがらない人もいて、妬みのあまりダリウスを傷つけようとしたこともある。でもダリウスは誰も責めなかった」

ユーリ殿下は昔を思い出しているのか、話しながら笑っている。

そのとき、ノックの音がして、メイドが入ってきた。

「ダリウス様が目を覚まされました。カスリーン様を捜していらっしゃいます。カスリーン様、来ていただけないでしょうか」

「本当か!?　よかった……だが、カスリーンも今目覚めたばかりだぞ！　無理を言うな」

ユーリ殿下がメイドを叱責した。メイドはビクッとしたが、立ち去ることもできないようだ。この屋敷の主人は公爵様で、命令に逆らえないのだろう。

わたしも目を開けたダリウス様に会いたい。

けれど、一週間も寝ていたので、さすがにお腹が空いている。このままでは、立ち上がったら貧血で倒れてしまいそうだ。それにわたしは夜着姿だから、着替えをしなくてはいけない。

「すみませんが、先に食事を用意していただけませんか。ダリウス様のもとへうかがうにしても、この姿でお会いするわけにはいきません。ダリウス様も今目覚めたばかりでしたら、わたしと同じ状態ではないかしら。支度が済んでからお会いしましょう、とお伝えください」

「公爵様にそのようにお伝えします。お食事もすぐにお持ちします」

メイドはホッとした表情で、頭を下げて出ていった。

「ユーリ殿下、わたしのために怒ってくれてありがとうございます。でも、あれではメイドが可哀想です。上からの命令で来ていたのだから、彼女が悪いのではないでしょう」

わたしの言葉にユーリ殿下は一瞬目を見張り、それからばつの悪そうな顔をする。

「別にメイドに対して怒ったわけではなかったんだが、彼女には悪いことをしたな」

反省する彼に、わたしは頷いた。

するとそのとき、先ほどとは違うメイドが現れる。隣室に食事の用意をしたから、と男性陣を誘導してくれた。

わたしは彼らが出ていったのを確かめ、着替えのために起き上がる。そしてメイドに手伝ってもらい身体を清めると、昼間用のドレスに袖を通すのだった。

わたしは身支度を終えると、隣室で父様たちと一緒に食事をいただいた。ちょうど食事が終わった頃、ダリウス様の支度が整ったと知らせが届く。

それでは部屋を訪ねようかと話していたら、メイドが部屋に入ってきた。

「ダリウス様がいらっしゃいました」

その言葉に驚いていると、一人の男性が入室してくる。

黒髪に黒い目をした、二十代半ばの男性――ダリウス様だ。夢の中と同じで、仕立てのいい服を着ている。ずっと寝ていたはずなのに、とても健康そう。

「ダリウス様……」

彼の姿を見て、わたしはほっと胸を撫(な)で下ろした。

あの暗闇の空間からダリウス様の精神が身体に戻る直前、わたしは彼の身体にかけられていた【時止め】の魔術を解いた。【時止め】の魔術が施(ほどこ)されていたのは、ダリウス様の身体にのみ。精神が身体に戻ってしまったら、魔術を解くのは難しいのではないかと考えた。

　そして、身体の時を二十四歳の精神年齢まで進めるため、ダリウス様の身体に魔力を注ぎ込んだのだ。

　仮定が正しいかもわからなかったし、一瞬でもタイミングが遅れたら魔術を解けないかもしれないと、ひやひやした。

　無事に成功したようで、ダリウス様の身体は本来の姿まで成長している。

　ダリウス様はわたしを見ると、いつもの優しい笑みを浮かべた。

「カスリーン、【ループ】を治してくれてありがとう。君に手を引いてもらえたから、戻ってこられた。それに、【時止め】の魔術も解いてくれたんだね。君が奇跡を起こしてくれた」

　わたしは目頭が熱くなるのを感じながら、彼に頷き返す。やはりあれは夢ではなかったのか。

　そこでユーリ殿下が心配そうに声をかけ、ダリウス様に駆け寄った。

「ダリウス、歩いて大丈夫なのか？」

　ダリウス様は、殿下を見て目を見張る。

「ああ、ユーリも本当に大人になったんだなぁ」

　ダリウス様の言葉に、みんなが笑う。暗闇の世界から見ることができていても、実際に向かい合うと、また違った感覚なのだろう。

「十四年だぞ。十四年も目覚めなくて、私がどれだけ心配したと思っている。もう私は、ダリウスと話すことができないかもしれないと……」

　ユーリ殿下は話しているうちに感極まったのか、ダリウス様を抱きしめて泣き出してしまった。

「なんだ、中身は子供のままではないか」

　ダリウス様は困ったようにユーリ殿下の頭を撫(な)でる。でもその表情は嬉しそうだ。十四年も変わらぬ気持ちで待っていてくれたことが嬉しいのだろう。

　殿下は涙を流しながら、ダリウス様に話しかける。

「無理はしなくていいから、できる限りで構わないので、私の右腕として働いてくれるか」

「ああ」

「ダリウスが戻ってくれて嬉しいよ」

「ああ」

「一緒に酒を飲むのが夢だったんだ。付き合ってくれ」

「酒くらいなら、すぐにでも付き合うぞ」

　こらこら、まだ治ったばかりなんだから、当分は禁止でしょう。

「いや、さすがに病み上がりのダリウスに酒を飲ませたら、私はここへの出入りが禁止になる。もう少し待っていることにする」

ユーリ殿下も落ち着いてきたようだ。わたしは彼らを見ながらホッと息をついた。

「それにしても、やっぱり私の方が背が高いな」

殿下は涙を拭くと、ダリウス様を見て言った。ダリウス様はムッとした声で返事をする。

「そんなに変わらないだろう。ユーリのその靴は踵が高いんじゃないのか」

「いやいや、純粋に私の方が背が伸びたのさ」

ユーリ殿下はダリウス様の頭を押さえながら、心からの笑みを浮かべている。楽しくてしょうがないといった顔だ。

そのやり取りを、公爵夫妻は部屋の入り口から笑顔で見ている。

本当にダリウス様を治すことができてよかった。これでもう安心だね。

感動の再会の後、わたしはジュート先生の診察を受けることになった。

そしてダリウス様に治癒魔術を使ったときのことについて聞かれ、正直に話したのだが――

現在、ジュート先生に呆れた顔で見られている。何がいけなかったのだろう。

わたしが首を傾げると、先生は大きなため息をついた。

「はぁ〜。カスリーン様は結構危なかったのですよ。わかっていますか？」

一応、その認識はある。頷くと、さらにため息をつかれてしまう。

「カスリーン様は、どの時点で危なかったことに気づかれたのですか？」

「先ほど、ダリウス様と話をして、意識を失っている間にダリウス様と会ったことが夢でなかったとわかったのです。つまり、わたしの意識は自分の身体から離れて、ダリウス様の意識の空間にいたということになりますよね。それはとても危険だったのではと思いました。あと、以前は夢の中ではダリウス様に触れることはもちろん、引っ張ることなんてできなかったので、今回は相当入り込んでしまっていたのかな……と」

わたしの言葉に、ジュート先生は頷いた。

「おそらくカスリーン様の魂は、ダリウス様に囚われていたのでしょう。とはいえ、ダリウス様に悪意があって何かをしたというわけではありません。治癒魔術で大量の魔力を消耗して枯渇しかけていたカスリーン様の魂が、ダリウス様が入っていた魂の囲いの中に偶然入ってしまったのでしょう。ああ、ひょっとしたら、ダリウス様が無意識のうちに助けたのかもしれませんが」

わたしの魔力は枯渇しかけていたらしい。魂が身体から抜けてしまったら、普通はどこにいったかわからなくなって、死んでしまうそうだ。

わたしもダリウス様に助けられたということか……

「わたし、思っていた以上に危険だったのですね。……なぜ、生きていられるのですか？」

「それはユーリ皇太子殿下のおかげですよ。ずっとカスリーン様の名を呼び続け、自分の魔力をあなたの身体に流しておられました。男爵様がおっしゃっていた保険とは、皇太子殿下のことだったんですね。さすがは男爵様です。普通は皇太子殿下を保険にしようとは考えませんからね」

「保険、ですか？」

はじめて聞く話だ。わたしが首を傾(かし)げると、ジュート先生も不思議そうな顔をする。

「あれ、カスリーン様は聞いたことがなかったのですか？　男爵様は、『もし魔力が足りなくても、保険がある』と、ずっと言っていました。魔力量の多い殿下に、カスリーン様へ魔力を流させようとしていらしたのです。普通は、血縁者でもない者の魔力を流すのは難しいのですが、それを可能にする薬を作っていたようです」

皇太子殿下を保険にするなんて、父様は何を考えているんだろう。わたしは頭を抱えた。

「父様も、魔力を流すなら自分のにすればいいのに……」

「それは最後の手段だと考えていたようです。人に魔力を与えるには、与える側がかなりの魔力を持っていなければなりません。皇太子殿下がダメなら公爵様にお願いするつもりだったと言っていました」

それって、お願いというより脅しなんじゃないかな。そう思ったけれど、口にはしなかった。

父様のおかげで生きて戻ってこられたのだから、よしとしよう。

意識が戻った翌日、わたしと父様は、ダリウス様とユーリ殿下からお茶に誘われた。

わたしは、ダリウス様を前にして緊張していた。

彼はわたしの向かいのソファに座り、紅茶を飲んでいる。その様子は、昨日まで意識のなかった人とは思えない。

ユーリ殿下はダリウス様の隣に座って微笑んでいる。

「二人とは、これからのことを話したい」

殿下が取り仕切るのかと思っていたら、ダリウス様が話し出した。ユーリ殿下はすべてをダリウス様に任せるつもりなのか、のんきにクッキーへ手を伸ばしている。

「まず、この病気を治した者としてカスリーンの名を広めていいか、お二人に聞きたい」

「いえ、厄介事にしかならないので、カスリーンの名は伏せていただきたい」

父様がすぐさま答えた。

これは二人で話し合って決めたことだ。

わたしがまだユーリ殿下と一緒になりたいと思っていれば、このことを利用しただろう。しかし、きっぱりと別れた今は厄介事の種にしかならないので、聖女伝説はいらない。

「本当に二人は別れたんだな。カスリーンはそれでいいのか？　後悔しないか？」

ダリウス様が労るような声で尋ねてくる。わたしははっきりと頷いた。

「はい。ユーリ殿下と二人で話し合って決めたことです。後悔することはありません」

「そうか……ユーリに聞いてはいたが、自分で確かめたかったのだ」

「私は嘘など言わないよ、ダリウス。私が馬鹿だったばかりに侍女長やアレスの裏切りに気づかず、カスリーンを傷つけてしまった。これ以上わがままを言って、カスリーンを困らせるつもりはない。カスリーンが幸せになれるようにいくらでも手は貸すが、彼女の人生に口を挟んだりはしないよ」

そう言ったユーリ殿下の表情は穏やかだ。

ダリウス様が治ったことで、殿下の心も安定したような気がする。今の彼なら、侍女長やアレス様に騙されたりしなかったかもしれない。

でもそれは、隣にダリウス様がいるからだ。ユーリ殿下の肩の荷を下ろしてあげることは、わたしには難しかった。ただ一緒にいるだけでは、ダメだったのだ。

ダリウス様はユーリ殿下の言葉に頷くと、父様を見据えて口を開く。

「それなら、この国を出ることは考え直していただけませんか？　あなたは【ループ】のことだけではなく、ユーリとカスリーンの関係も気にしていたのでしょう？」

その言葉に、わたしは驚く。

父様はわたしに、【ループ】があるからこの国を捨てて他国に行く、という言い方をしていた。でもわたしとユーリ殿下のことも、理由の一つだったのか。

「ふむ。ダリウス様は本当に中身も成長しているようだ。この十四年、ただ眠っていたわけではなさそうですな」

父様は変わっている。娘ながら、わたしは少々呆れた。

ユーリ殿下に対しても、そして公爵家の嫡嗣であるダリウス様に対しても、父様はへりくだった態度を見せない。それはもう、この国への義理はないと考えているからなのかもしれない。

しかし、不敬罪で捕まりたくないので、もう少し礼儀をわきまえてほしい。

そんな父様の無礼に構わず、ダリウス様は話を続ける。

「ヴィッツレーベン男爵、私は【ループ】は魔女による呪いの一種ではないかと考えています。そしてこの呪いは、相手を選んでいるのではないかと思う」

「呪う相手を選ぶ、ですか？　【ループ】には三代目の皇帝の次の代から悩まされてきたそうです。この何百年もの間、呪いの方が相手を選んでいたということですか？」

父様は首を傾げた。ダリウス様は少し悩むと、「いえ」と首を横に振った。

「言い方を変えましょう。相手を選ぶというか、呪うことができる人物は限られているのではないかと考えているのです。【ループ】にかかったのが、ユーリではなく私だったのは、私はユーリほど魔力が多くないからではないでしょうか。皇族の中で私の魔力は決して多くありません。それは、前皇帝である祖父も同じだったそうです。一方【ループ】にかかっていない陛下や私の父は、ユーリと同じくらい魔力を持っています。すべての皇族が病に倒れるわけではないのは、そのせいではないでしょうか」

「ほう、それはあり得ますな。だが、私が持っている資料は偏っているので、そのあたりのことはさっぱりです。それについては皇族の資料を当たる方がいいでしょう」

父様は【ループ】について、かなりの情報を持っている。その情報をわたしも知りたい。

皇家が所有する【ループ】に関する細々とした資料は、昨日のうちに読んだ。でも父様の資料は、それとは違うもののような気がする。

ダリウス様もそれを感じ取ったのか、父様に頭を下げた。

「私にも男爵が集められた資料を見せてもらえないでしょうか」

ダリウス様は駄目元で尋ねてみたという感じだったが、父様はあっさりと頷(うなず)く。

「いいですよ。後で持ってきましょう。大事な資料ですから、なくさないでくださいね」

まさかこうも簡単に貸してもらえるとは思っていなかったのか、ダリウス様とユーリ殿下は目を見張った。

「い、いいのですか？」

「断られると思っていたのですか？　いくら私でも、そんな不敬はしません。ダリウス様の【ループ】が無事に治り、ひとまずカスリーンが治癒(ちゆ)魔術を使えることを隠さなくてもよくなったのです。後は協力して【ループ】の原因と対策を探した方が効率的です。なぜ何百年も手をこまねいていたのか、それが一番の謎なんですから」

今回はわたしの治癒(ちゆ)魔術でダリウス様を助けることはできた。けれど、この先もわたしたちの一族から治癒(ちゆ)魔術を使える者が現れるかどうかは、わからない。

今回だって、本当なら間に合わなかったのだ。【時止め】の魔術のおかげで時間が引き延ばされ、助けることができたに過ぎない。

ダリウス様はごくりと唾を呑み、父様を見据(みす)えた。

「男爵、私は生涯をかけてこの【ループ】について研究するつもりでいます。もちろん生涯といっても、ダラダラと研究するつもりはありません。なるべく早く解決できるよう、努力するつもりです。だから他国へ行くことは考え直してください」

父様は目を細めてダリウス様を見つめ返す。ユーリ殿下も、ダリウス様を凝視している。

そして父様は——ニヤリと笑った。

「ダリウス様は誠実なお方だ。カスリーンの婿にしたいくらいです」

ユーリ殿下はちょっと驚いた顔で父様を見た。

ダリウス様は固まっている。二十四歳といっても、十四年間眠っていたダリウス様はこういう話に免疫（めんえき）がなく、対応できないようだ。

わたしはコホンと咳払いをした。

「父様、冗談はおやめください」

その言葉で、ユーリ殿下は一足早く立ち直ったらしい。父様にぎこちない笑みを向けた。

「男爵、そういう冗談はダリウスにはまだ早い。政治や経済は任せられるが、色恋はまだまだだ」

「そのようですな。武はユーリ殿下、智はダリウス様と昔は有名でした。ダリウス様が病（やまい）に倒れてから、殿下は勉強もがんばられていると聞いておりますが、これぱかりは才能ですから。ダリウス様が目覚められて一番ホッとしているのは、殿下でしょう」

ユーリ殿下は勉強が苦手だったのか。そんな風には見えなかったので驚いた。きっと、ダリウス様が倒れてから努力したのだろう。

これからはユーリ殿下とダリウス様が、この国を引っ張っていくことになる。まだまだ先の話だけれど、この二人なら大丈夫だと思えた。

父様は、二人を見て微笑んでいる。きっと、この国にとどまることを決めたのだろう。そんな父様を見てホッとした。わたしも本心では、この国を離れたくなかった。

多分ご先祖様もわたしと同じ気持ちで、この国にとどまったのだろう。

緊張感の漂うお茶会を終え、部屋に戻ると、わたしはパックに声をかけた。

「パックはこれからどうするの？」

いろいろなことがあるべきところに収まって行く中で、パックのことが気になっていたのだ。

「どうしようかな。お姉ちゃんは、友達のところに行くのはやめたの？」

「そうね。父様と一緒に家に帰ることになりそうよ」

当分はこの国で暮らすことになったし、パックにはお世話になったので、本当なら男爵家に来てもらいたい。けれど、いつまた父様の考えが変わって他国に行くことになるかわからないので、躊躇（ちゅうちょ）している。

「そっかぁ。じゃあ、ジュート先生と一緒に帝都に帰るよ。結局、依頼達成にはならなかったなぁ」

少しだけ寂しげな表情で、パックが言った。

そうだった。パックは、わたしをスーザンのところに無事に連れていくという護衛の仕事を請け負ったのだ。すっかり忘れていた。

今回はわたしの事情で当初の目的とは違ってしまったけれど、護衛の仕事は果たしてくれたから、依頼達成と言ってもいいだろう。パックに報酬を払ってもらえるよう、わたしが足を治した冒険者の方に、お願いしておこう。

それはさておき、パックはこれから——長い目で見て、どうするつもりなのだろうか。

「パックは将来なりたいものはないの？」

「冒険者以外でってこと？」

「そうよ。冒険者になったのは、必要に迫られたからでしょ？　お金がないと生きていけないものね」

パックは少し考えるように首を捻（ひね）る。

「うーん。騎士になってみたいかな？　でもこの間捕まったような、山賊崩れの騎士は嫌だよ。頭脳も優秀な騎士になりたいなぁ。まぁ、そもそも騎士にはお貴族様しかなれないから、無理なんだけどね」

騎士になりたいと言いながらも、はじめから諦めている顔だ。

「例外もあるわよ。皇族を守る近衛騎士団は貴族出身者で構成されているけど、騎士になるための学校に入れれば、平民でも騎士になれるって聞いたわ」

「それはごく一部の人だよ。魔力があって、学校の入学試験に受かるだけの知識と剣の腕がないとダメだし、貴族の推薦も必要なんだ。僕には無理だよ」

パックは意外と詳しく知っていた。前に調べたことがあるのかもしれない。

パックは魔術が使えるから、魔力はあるはずだ。いったいどのくらい魔力があるのだろうか?

「パックはどのくらい魔力があるかわかる？」

「冒険者ギルドに登録するときに測ったよ。標準だって言われた」

「標準なら十分よ」

「そうなの？」

パックは自分が騎士の学校に行くのは無理だと思っているようだった。確かに学力や剣術に関しては、努力をしないとならないだろう。

そこでわたしは、あることを思いついた。

「ねぇパック、わたし、いいことを思いついたわ。ダリウス様にお願いして、ここで騎士になるための基礎を学ばせてもらいましょう」

「は？」

パックの目が驚きでまん丸になる。

この考えは、それほど悪くないと思う。だってわたしは一応、ダリウス様の命の恩人だ。そしてパックは、わたしの従者のようなもの。

だから、このくらいの願いは聞き入れてもらえるのではないか。

それに公爵家では、黒髪で差別を受けることもない。これは結構重要だ。

「パック、こんなチャンスは二度とないわ。利用できるものは、なんでも利用しないと駄目よ。わたしだったらいくらでも利用してくれていいから、立派な騎士になって」

「……いいの？」

「もちろんよ。それにわたしがどうなったとしても、あなたとの契約は履行されるようにしておくわ。わたしが契約して万が一騙されたらいけないから、手続きは父様に頼んであげる」

ダリウス様がわたしを騙すとは思わないけれど、パックを安心させるためには父様に間に入ってもらった方がいい。

「でも……」

パックはそれでも躊躇している。それは努力するのが嫌なわけではなく、わたしに迷惑をかけるのではと考えているからのようだ。

「わたしがしてあげられるのはそこまでよ。その後は、あなたの努力にかかってるの。身体を鍛えたり、勉強したりしないといけない。それはわたしに助けることはできないわ。でもわたしは、パックが騎士になれると信じているからね」

騎士の学校に入るのに、公爵様の力を借りるわけではない。推薦状だって、パックの出来が悪かったら書いてはくれないだろう。

わたしがお願いするのは、パックが騎士の学校に入れるように教育してほしいということだけ。実際に入れるか否かは、パック次第だ。

パックはしばらく、わたしの言ったことの意味を考えていたみたい。やがて考えがまとまったのか、顔を上げてわたしをまっすぐ見ると、ニカッと笑った。

「僕、絶対に騎士になる。血のにじむような訓練にも耐えてみせるよ」

えっ？　騎士になる訓練ってそんなに過酷なの？　わたしは少しだけ心配になったのだった。

第四章

　ダリウス様の病を治した後、わたしはヴィッツレーベン男爵家の領地にある屋敷に戻った。それから栄養失調だった身体を癒すようにと父様に言われ、静養している。

　再び男爵家で暮らすようになり、早くも半年が経っていた。

「カスリーン様、栄養失調は完全に治りましたね。本当によかったですわ」

　男爵家のメイド頭であるマリーンに言われて、鏡に映った自分の姿を見る。

　わたしが今着ているドレスは、二年半も前のものだ。ここに帰ってきたときはブカブカだったのに、今ではピッタリになった。

「ありがとう……でもそれって、太ったってことよね。これからは甘いものは控えた方がいいかしら」

　この地に帰ってきてしばらくした頃から、わたしは食べ物の味がわかるようになった。

　ここにはわたしを思ってくれる家族がいる。心温かい人たちに囲まれて暮らすことが、こんなにも心を穏やかにさせてくれるものだとは、思っていなかった。

ここでの暮らしは、疲れていたわたしの心を癒してくれる。

愛妾生活を送っていた二年間が、遠い過去のように感じられるほどだ。

そういえば、先月の終わり、ダリウス様が十四年の長い闘病生活を終え、回復したことが発表された。

「相手は公爵家の継嗣……ダリウス様とは、もう会うこともないわね」

それでいい。ダリウス様と暗闇の世界で話したときには、つい『いつでも訪ねる』なんて言ってしまったけれど、彼とわたしでは身分が違いすぎる。

そんなことを考えていたら、メイドの一人が部屋の扉を叩いた。

「カスリーン様、パックさんから手紙が届いています」

「まあ、パックから？　前の手紙は、二ヶ月も前だったかしら。きっと忙しかったのね」

パックはわたしの提案通り、公爵家で騎士になるための教育を受けている。

パックは学業もがんばっているらしい。あまり上手ではなかった読み書きも、今はとても上達したそうなのだけど——

「なんだ、書いてあることは前と同じね。一日中、勉強と訓練をしているって……大変」

でも、手紙からはとても楽しそうな様子が伝わってくる。夢に一歩一歩近づいているのだから、パックも楽しくて仕方ないのだろう。

「うん、でも安心した。わたしもがんばらないとね」

パックがこんなにがんばっているのだから、わたしも魔術を上達させ、貴族としての教養を身につけないと。いつかパックに会ったときに、笑われないように。


それから五ヶ月――男爵家に戻ってもう少しで一年だ。あの手紙を最後に、パックからの連絡は途絶えている。手紙を待っているのに、残念でならない。

そんなある日、帝都にいた父様と弟が連絡もなしに突然戻ってきた。

そのとき、わたしはいつものように散歩をしていた。少しでも体力をつけるために、屋敷の周囲を歩いているのだ。毎日少しずつ、歩く距離を延ばしている。

わたしが玄関に着くと、すぐに来るようにと父様に執務室に呼び出された。

そして父様は、わたしが執務室に着きソファに座ると同時に、話しはじめる。

「カスリーン、ウェルズリー公爵家で夜会がある。ダリウス様の快気祝いだ。招待状が届いたが、どうする？」

父様は公爵家からの招待状を差し出した。

「それは帝都にある公爵家のお屋敷での夜会なのですか？」

「もちろんだ。今はダリウス様もそこで暮らしておられる。パックも一緒に帝都で暮ららしているようだ」

なるほど。パックからの手紙が途絶えていたのは、帝都への引っ越しで忙しかったせいだろう。

わたしは悩んだ。パックに会いたいけれど、夜会には出席したくない。公爵家の夜会だなんて、格が違いすぎて自信がない。わたしなんかが行っても大丈夫なのかしら。

不安だが、高位貴族からの招待を断れる立場ではないはずだ。

「父様はどうされるのですか？」

「出ないわけにはいかない。皆がいる前で渡されたからな。断る隙もなかった。だが、カスリーンは病気だとでも言えば済むから、好きな方を選びなさい。ダリウス様の快気祝いだから、皇太子殿下も参加なさるだろう」

ユーリ殿下も出席するならば、やはり遠慮した方がよさそうだ。

わたしの逃げ腰な気持ちが伝わったのか、弟のロバートが声を張った。

「姉様、私は参加する方がいいと思います」

ロバートが意見を言うのはとても珍しい。そもそも顔を合わせることも久しぶりだ。

ロバートは十八歳になった今年の春に、ヴィライジ学院を卒業した。それからは帝都で父様と行動を共にしている。わたしは領地に滞在しているので、会うことがなかったのだ。

わたしはおずおずと、弟に尋ねる。

「どうして？」

「逃げていると思われるからです。こちらは悪くないのですから、堂々としていればいいのです」

ロバートの言っていることは正論だ。

「でもわたしが夜会に行けば、よくない噂を囁かれて、家族に迷惑をかけることになるかもしれないわ。わたし一人ならいいけれど、あなたたちに迷惑をかけたくはないの」

「人の噂なんてすぐに消えるものです。こちらが知らん顔をしていれば、誰も噂なんてしなくなります」

「そんな単純な話ならいいのだけど」

皇太子の元愛妾が、本来なら招待を受けるはずのない公爵家の夜会に出席するのだ。きっとすごく注目される。

「時間はある。ゆっくり考えるといい」

父様がわたしに優しく声をかけると、ロバートは眉を上げた。

「父様は姉様に甘すぎます。こういうときは命令してでも連れていくべきです」

確かに、父様も母様も優しい。わたしが味覚障害になるほどつらい目に遭っていたということが、こたえたという。そんな状況でもわたしが男爵家に連絡しなかったから、縁を切ったことを後悔したらしい。

父様はロバートを叱りつけた。

「お前は黙っていなさい。カスリーンの身体はまだ万全ではないのだ。悪意を向けられるとわかっている場所に行く必要はない。また味覚障害になったらどうする?」

ロバートは、不満そうな顔で口を噤む。

父様がロバートにどこまで話したのか、わたしは知らされていない。いずれこの男爵家を継ぐことになるロバートは、【ループ】という呪いとどう付き合っていくのだろうか。もしかしたら、この国を出ていく方を選ぶのかもしれない。

その前にダリウス様の研究が実を結ぶことを祈っている。わたしたちは逃げることができるけれど、皇族の人たちは逃れられないのだから。

そしてこの先、わたしにも子供ができるかもしれない。その子供たちが犠牲になることがないようにしてほしい。

——わたしは心を決めた。

「父様、ロバートの言う通りです。わたしは自分の今後を考えるためにも、この夜会に行くことにします」

わたしがそう言うと、二人ともホッとしたように息を吐いた。

父様はわたしに気を遣ってくれたが、やはり断ることは難しかったのだろう。安心した様子で、予定を練りだした。

「夜会はまだ先だが、ドレスを新しく用意しなければならないな。明日には出発しよう」

その言葉にわたしは驚く。

「明日ですか？　父様たちは帰ってきたばかりですよ」

「この話をするためだけに帰ってきたのだ。急いだ方がいい。ああ、それと、夜会にはスーザンも招待されている。おそらく夜会の前に帝都で会うこともできるだろう」

男爵家に帰ってきてから、スーザンとは手紙のやり取りを再開していた。とはいえ、もう三年近く会えていないので、会えるのは嬉しい。

ダリウス様がパックから、わたしはスーザンに会うための旅の途中で公爵家に攫われたという話を聞いて、彼女も招待してくれたそうだ。ダリウス様の抜かりのなさに、わたしはびっくりしたのだった。

わたしが帝都に到着した三日後。親友のスーザン・マーチが、帝都にある男爵家の屋敷を訪ねてくれた。

スーザンは昨夜、帝都に到着したばかりだと言う。マーチ子爵家は帝都に屋敷を持っていないので、貴族専用の高級宿屋に泊まっているらしい。

下級貴族は、子供が結婚適齢期になれば帝都に屋敷を借りたり購入したりする。しかし、帝都にあまり来ない時期にまで屋敷を維持するのは大変なので、その場合は屋敷を持たず、高級宿屋を利用するのだ。

かくいうヴィッツレーベン男爵家も、わたしが殿下の愛妾になるまでは高級宿屋を利用していた。父様が無駄使いを嫌ったからだ。

そんな父様も、わたしがいつでも帰ってこられるようにと、三年ほど前に帝都に家を購入していたらしい。

でもわたしがそのことを知ったのは、つい最近だ。知らせてくれないと帰れない、とわたしは肩を落としたものだ。

そういえば当時、侍女のバニーに『実家に遊びに行かないのか』と何度か尋ねられたことがある。きっと彼女は、帝都に男爵家の屋敷ができたと知っていたのだろう。わたしは『実家には縁を切られているから』と答えていたけれど、内心では『遠くて簡単には帰れないのに、遊びに行かないのかとはどういう意味だろう』と思っていた。心の声を言葉にしていたら、何かが変わっていたのかもしれない。

そんなことをしみじみ振り返りながら、わたしはスーザンを出迎えた。

「スーザン、会えてとっても嬉しいわ」

スーザンは以前会ったときよりも、少しふっくらしていた。そんな彼女と、再会のハグをする。

「私もよ。最後に会ったときは、突然愛妾にと言い出した殿下とそれを受け入れたあなたが許せなくて、ひどいことを言ったわ。ごめんなさい」

「でもあなたはわかってくれたじゃない。困ったことがあったらなんでも相談して、と言ってくれた。とても嬉しかったわ」

「でも帝都は遠すぎて、結局何もできなかった」

「ううん。あなたの言葉があったから、二年間がんばれたのよ」

わたしはスーザンに、城を出てからの話をかいつまんで話した。ダリウス様の呪いについては、偶然治ったところに居合わせたことにする。

「それでカスリーンは結局、男爵家に戻ったのね」

「そうなの。そこでわたしの冒険も終わったのよ。でもいろんな人たちに会えて、とても楽しい旅だったわ」

「いい経験ができたのね。カスリーンはヴィライジ学院に通わなかったから、いろんな人と親しくなる機会がなかったでしょう？　その上、はじめての夜会で皇太子殿下に見初められてしまったから、世間を知らないままだったじゃない。余計なお世話かもしれないけど、心配してたの」

「今なら愛妾になることに両親が反対した気持ちもわかるわ。わたしは殿下のことを一目見て素敵な人だって思った。でも、わたしは彼自身を見てはいなかったのね」

わたしの言葉に、スーザンは苦笑する。

「私は婚約者が決まっていたけど、それでも皇太子殿下と踊ったときはどきどきしたわ。殿下はみんなの憧れの人だったから。だからカスリーンが一目惚れしたのも無理ないと思うわ」

あのときのわたしは冷静に考えることができなかった。けれど恋をしていると思っていたから、誰に反対されても気にしなかった。それに、広い外の世界に出たかったのだ。

「わたしはスーザンや弟から聞いた外の世界を知りたかった。わたしにとってはそれが第一で……殿下のわたしへの思いを、利用したのかもしれないわ」

「自分を責めては駄目よ。あなたは何も悪いことはしてないわ。殿下のことを好きだったのは確かなんでしょ？」

「それはもちろんよ。好きな気持ちが少しもなかったら、もっと早く城から出てたわ」

スーザンとのお喋り（しゃべ）は楽しい。やっぱり女友達との会話は、格別だ。どんなことも率直に話すことができるから。

わたしとスーザンは、会えなかった間のことを、息継ぎをする間（ま）も惜しむほどの勢いで話し続けたのだった。


ダリウス様の快気祝いの夜会は、ウェルズリー公爵家にふさわしく盛大に催（もよお）された。

男爵家の娘であるわたしは隅の方にいる予定だったのだが、両親と一緒に馬車で公爵家に到着した途端に公爵家の執事が現れ、別室に案内された。

両親は苦笑してソファに座っている。男爵家が公爵家に逆らえるはずがないのだから、仕方ないといったところだろう。

しばらくして、ノックの音が聞こえた。返事をすると、部屋に入ってきたのは黒髪の少年だった。

「……パック？」

一瞬、ダリー――幼い頃のダリウス様かと勘違いしてしまったほど、パックの格好は以前会ったときと違っていた。振る舞いも歩き方も貴族として通用するほどだ。もしかして、わたしよりも完璧じゃない？

「お姉ちゃん、久しぶり！」

話し方は変わっていなかった。以前のパックらしさが残っていて、ホッとする。

「パック。それでは駄目だろう。練習したように挨拶をしなさい」

パックの後ろには、苦笑を浮かべたダリウス様が立っていた。ダリウス様は、貴族の青年らしいきらびやかな格好だ。

ダリウス様の言葉に、パックは口を尖らせる。

「えー！　ここでもかしこまらないといけないの？」

「当たり前だろう。まあ、今だけはいいよ。カスリーンに話したいことがあるんだろう」

以前は服装がまるで違っていたから思わなかったけれど、ダリウス様とパックが似た服装をしていると、年の離れた兄弟のように見える。二人ともこの国では珍しい黒髪に黒い瞳だからだろう。

パックはダリウス様に頷き、わたしの前までやってきた。

「お姉ちゃん、僕、来年からヴィライジ学院に通うことが決まったんだよ。ヴィライジ学院を出ても、騎士になれるんだって！　手紙じゃなくて会って話したかったんだ」

「まぁ、おめでとう！　すごくがんばったのね」

わたしはパックの頭を撫(な)でた。

パックは公爵家で暮らしはじめるまで教育を受けたことがなかった。字の読み書きだって怪(あや)しかったのだ。並大抵の努力ではなかったと思う。

「ありがとう、お姉ちゃんのおかげだよ」

「パックが努力したからよ」

「そうだな。パックは本当にがんばった。まさかこんなに早く試験に合格するとは思わなかったよ」

ダリウス様もパックの頭に手を置いて、褒めている。

「今日はパックも夜会に出るの？」

「そうなんだよ。僕は嫌だって言ったんだけど、服まで用意されて断れなかったんだ」

しょんぼりするパック。騎士になるためとはいえ、大変そうだ。

その様子に、ダリウス様はククッと笑う。

「パックは母上のお気に入りなんだよ。それに、パックは母上の遠縁から預かっている子だということにしたからね。夜会に出席しないなんて、あり得ないんだ」

わたしは驚きに目を見開いた。公爵夫人の遠縁ということは、貴族に連なる家の出ということじゃない？　パック、大丈夫なの？

「はぁ。この夜会が決まってから本当に大変だったんだよ。子供なのにダンスの練習までさせられてさ……」

「え？　そうなの？　ふふ、ではわたしと踊っていただけませんか、パック様」

わたしがそう言って手を差し出すと、パックが泣きそうな顔になった。

「わー！　お姉ちゃんまで僕をいじめるの？　もう当分ダンスはいいよ」

「でも今日の夜会で踊るのでしょう？」

「子供だから、ダンスは踊らないよ！」

夜会だから、子供は少ないのかな。残念、パックがダンスをしているところを見たかった。本来なら男爵家は、公爵家主催の夜会に参加できる家柄ではないので、今回がパックのダンス姿を見られる唯一の機会だったのに。

「ダリウス様。それでパックのダンスはどうですか？」

「完璧だ。パックは運動神経もいいが、音楽の才能もありそうだな。私たちは二人でダンスの練習をしていたんだよ。私は練習しなくても前から完璧だったのだが、母上がパックを心配するから仕方なく付き合ったんだ。本当に母上はパックに甘い」

ダリウス様もダンスは好きではないのだろう。苦々しい表情だ。

でもきっと公爵夫人が一番心配だったのは、ダリウス様なんじゃないかな。

大人になったダリウス様がダンスを踊れるか、気が気ではなかったのだと思う。公爵夫人に一番甘やかされているのは、ダリウス様だよね。そう思ってパックを見ると、彼はニヤッと笑い『やれやれ』とでも言いたげに肩をすくめた。パックもわたしと同じ意見みたい。やっぱりね。

夜会がはじまる時間になったので一緒に行こうとダリウス様に誘われたけれど、丁重にお断りして、わたしたち家族は彼らとは違う入り口から入った。

すごく大勢の人たちで賑(にぎ)わっている。それもそのはずだ。ウェルズリー公爵家が夜会を開くのは、十五年ぶりなのだから。

わたしたちも注目されていた。わたしを見て眉をひそめる人たち、コソコソと噂をする人たちがいる。

わたしが殿下と別れたことは、知られているようだった。

けれど父様も母様も周りを気にすることなく、知り合いと話をしている。わたしはその後ろに立っていた。

しばらくすると、波が引くようにざわめきが聞こえなくなり、会場は静まり返った。

一番奥の扉が開き、ウェルズリー公爵家一同とユーリ皇太子殿下が入ってくる。その後ろには、パックもいた。彼らの姿が見えた途端、またざわめきが広がっていく。

公爵様が挨拶をし、ダリウス様も公爵家の嫡嗣としての挨拶を続ける。

そしてユーリ殿下は、ダリウス様のことを自分の右腕だと宣言し、会場は沸き立った。

公爵夫妻がダンスを踊り終えると、夜会がはじまる。ダリウス様も高位貴族の女性とダンスを踊っている。

パックも、同じくらいの年の女の子と踊っていた。踊らないと言っていたのは、照れ隠しの嘘だったみたい。嫌がっていたわりに、パックは笑顔でとても優雅に踊っていた。

「パックは相当気に入られたようだな。ダリウス様は片時も彼を離さないじゃないか」

父様もパックの姿を見て、笑いながら言う。

父様の視線の先では、ダンスが終わって一息ついた公爵一家が談笑している。

公爵夫人がパックの頭を撫でた。上手に踊れていたから褒めているのだろう。

「パックの黒髪も、あの場所でなら目立ちませんね。一人だと目立ちますが、あそこには三人もいますから」

公爵家に預けたことは間違っていなかった。きっとパックは、立派な騎士になるだろう。

「カスリーン、殿下とは話さなくていいのか？」

「えっ？」

わたしは父様の言葉の意味がわからなくて、首を傾げた。

「今日を逃せば、もう会うことも話すことも叶わないだろう。だがこの夜会で偶然会ってしまうことまでは止めることはできない。もし話をしたいなら、今しかないと思いなさい」

わたしはダリウス様と話している皇太子殿下を見て、首を横に振った。

あそこにいるのは『皇太子』であって、わたしの知っている『ユーリ』ではない。

「いいえ、父様。わたしはもう、殿下とのお別れは済ませています。気になさらないでください」

皇太子殿下は男爵令嬢にとって、こんなにも遠い存在だ。

そして同じように、ダリウス様も遠い存在なのだ。夢の中で何年も会っていたと言っても、誰もまともに取り合ってはくれないだろう。夢の話を信じてくれたスーザンやパックは特別なのだ。

「そうか。まぁ、こう離れていては、話せるはずもないか」

わたしたち男爵家の者が、殿下たちがいるあの場所へ行くことはできない。

「このくらい離れている方がいいのです」

ダリウス様が女性と踊っている姿は、優雅で美しかった。とても十四年も病気で眠っていたとは思えない。それに、久しぶりに姿を拝見できたのは嬉しかった。

呪いを解いたからか、あれ以来、夢でダリウス様と会うことはない。それに、夢の中で会っていたダリーと公爵家嫡嗣のダリウス様は、やっぱり違う気がする。

とはいえ、遠くから眺めているくらいは許されるだろう。

わたしはなんとなくダリウス様を目で追っていた。こうやって姿を見ることができるのも、今日が最後かもしれない。わたしが公爵家の夜会に招待されることは、きっともうないだろうから……

そのとき、ダリウス様が突然わたしの方を見た。しかも彼は、目が合った途端に微笑んでくる。

「きゃー、今、ダリウス様が私に微笑みかけたわ！」

「何を言ってるのよ。私を見たのよ」

「馬鹿ねぇ。あんなに遠くにいらっしゃるのに、私たちの顔が見えるわけないでしょ。もっと近くの人に微笑まれたのよ」

わたしより前の方にいる女性たちの会話が聞こえ、我に返った。

自分に微笑んでくれたと思うなんてバカね。わたしのことを見てくれたと思うなんて……

彼とわたしは、患者と医術師のような関係だ。患者は病が治れば、医術師のもとを去って忘れてしまう。

そんなことを考えていたら、どこからか悲鳴が上がった。

「きゃぁー！」

何人もの女性の甲高い声が、とある方面から響いてくる。

「この野郎！」

男性の野太い怒号も聞こえてきた。

何があったのだろう。わたしたちのいる場所からではわからずに、父様たちと顔を見合わせる。

「皇太子様が刺されたぞ！」

しばらくするとそんな声が聞こえ、会場はパニックに陥った。

わたしは、全身から血の気が引くのを感じた。ガタガタと身体が震えだす。

殿下が刺された？　どうして？　殿下のそばには、ダリウス様がいたのではなかった？　パックも、大丈夫なの？

疑問はたくさん浮かぶのに、一つとして声にならない。その場から動くことすらできなかった。

誰かがわたしを呼んでいるのはわかるのに、答えられない。そしてすぐに立っていることさえできなくなり、意識が遠くなっていった。

意識が戻った瞬間、わたしは飛び起きた。

わたしが寝かされていたのは、ふかふかのベッドだった。

「お姉ちゃん、大丈夫？」

なぜかパックがそばにいて、心配そうにわたしの顔を覗き込んでくる。

あれ？　もしかしてすべて夢だったのだろうか。

意識がぼんやりとしたまま、首を傾げる。

だけどパックの格好――夜会用の盛装を見て、夢でないことがわかった。

ここは帝都にあるウェルズリー公爵家のお屋敷だ。すべてを思い出したわたしは、パックに縋り付いた。

「ユーリ殿下は？　殿下が刺されたの？　大丈夫？　ダリウス様は？」

「うん。殿下は刺されたけど、公爵家の医術師の先生がすぐに治してくれたから、大事には至らなかったよ。ダリウス様はなんともない」

パックの返事に、ひとまず胸を撫で下ろす。

よかった。けれど、みんなの一大事に、わたしは何もできなかった。そればかりか、倒れてしまったらしい。情けなく思いながら、わたしはあたりを見回した。

「ここはどこなの？」

客間にしては違和感がある。誰かが生活している雰囲気があった。

「僕の部屋なんだ。なぜかダリウス様が、ここにお連れしろって言うから。今日は泊まり客が多くて余っている部屋が少ないのは確かなんだけど、まったく空いてないわけじゃないのに……ごめんね」

なるほど。わたしは頷くと、状況把握のためにパックに質問する。

「ユーリ殿下はもうこのお屋敷にはいないのよね」

「うん、すぐに皇宮に連れていかれたよ」

「誰に刺されたの？」

「それが……ダリウス様が病気にかかる前に、婚約者だった方なんだ。もうだいぶ前に婚約は解消されていたんだけど、今回の夜会に呼ばれていて……。ユーリ殿下と最初のダンスを踊っていた人だよ」

「今は殿下の婚約者候補だったということね」

以前は、カテリーナ・オズバーン侯爵令嬢が一番目に踊っていたはずだ。しかしオズバーン家が元侍女長と元侍従のアレス様にわたしをいじめさせていたことが発覚し、カテリーナ様は婚約者候補から外されたらしい。

ダリウス様の婚約者だった方は、確か、デボラ・マクレーン侯爵令嬢だ。彼女も殿下の婚約者候補になっていたのか。でも彼女はなぜ殿下を刺したのだろう。

それにユーリ殿下は決して弱くないのに、細腕の女にやられるなんておかしくないだろうか。

「デボラ様はどうしてユーリ殿下を刺したの？　殿下が彼女を怒らせてしまったの？」

皇太子殿下を刺すなんて、マクレーン侯爵家は取り潰しになるだろう。たとえどんな理由があろうとも、許されることではない。

「それが、わからないんだよ。デボラ様に理由を聞いても、言ってることがまともじゃないんだ。殿下を刺したときも目つきがおかしかったし、誰かに操（あやつ）られたのではないかといわれている」

ウェルズリー公爵家での出来事ということもあって、公爵家が皇位を狙っているのではないかという噂まで流れているらしい。

「それよりお姉ちゃんは大丈夫？　急に倒れたって聞いて、心配したんだよ。男爵様がお姉ちゃんを連れて帰ると言ったんだけど、ダリウス様が許さなかったんだ」

「ええ、大丈夫よ。何はともあれ、ユーリ殿下が無事でよかったわ。それに、もし家に帰っていたら情報も入ってこなかっただろうから、ここでパックと話せてよかった。パックのベッドを占領して、ごめんなさい。でも夜が明けたら帰れるでしょうから、それまでは……」

そのとき、突然部屋の本棚が動き出した。その後ろに通路が現れ、ダリウス様が顔を出す。

「すまないが、カスリーンを帰すことができなくなった。君には当分ここにいてもらうことになりそうだ」

ダリウス様は、抜け道を使ってきたようだ。抜け道が存在することも、ダリウス様がそれを使ってやってきたことも気になったが、先に一番気になったことを尋ねる。

「ここって、公爵家の屋敷にってことですか？」

ダリウス様は頷（うなず）いた。

「そうだ。デボラがある人物に頼まれて殿下を刺したと自白した」

やっぱり、誰かに指示されてユーリ殿下を刺したらしい。これでデボラ様は、命だけは助かるかもしれない。利用されたであろうデボラ様を思い、安堵（あんど）の息をついた。

「そうですか。よかったです」

でもわたしの返事を聞いたダリウス様は、苦々しい表情になった。

「これを聞いたら君も、のんきによかったとは言えなくなるだろう。デボラは君の名前を出したんだ。カスリーンに頼まれて殿下を刺したと、泣きながら言っているそうだ」

「は？」

わたしとパックはあっけにとられた。ダリウス様が何を言っているか、理解できない。

「私が君をパックの部屋へと言ったのも、こういうことになる可能性を考えたからだ。男爵家では君を匿(かくま)うことが難しいだろう。それに、客間も安全とは言いがたい。その点パックの部屋は、わたしの部屋と同等の防御魔術がかけられているからな」

ダリウス様の言葉に一番驚いたのはパックだった。「僕の部屋にそんなものが」と呟(つぶや)いている。

「だがこうなると、ここも安全とは言い切れない。部屋を移るぞ」

その言葉に、わたしとパックは頷(うなず)くしかない。黙ってダリウス様の後をついていく。

本棚の奥には隠し通路があり、そこからいろいろなところへとつながっているようだ。

隠し通路といえば、薄暗く埃っぽい場所を想像していたわたしは、実際の通路が明るく綺麗なことに驚く。

「なんだか隠し通路には見えませんね。もっとこう、ジメッとしたものを想像していたのですが……」

「昔はそんな感じだったが、薄暗くて汚いところを歩きたくなくて、魔術で綺麗にしているんだ。それに薄暗くする意味もないみたいだから、私が使用するときは明るくなるように設定している。この方が効率的だろう。パックとカスリーンが使うときにも明るくなるようにしておくよ」

隠し通路らしい雰囲気はまったくないけれど、わたしにはこの方がありがたい。ネズミや害虫の住処になっているところを歩くなんて、考えただけでも恐ろしい。

「もしかしてダリウス様は、この屋敷の中にスパイがいると考えているのですか？」

パックは通路を歩きながら尋ねた。

「そうなのではないかと思っている。私がこの屋敷に来たのは十五年ぶりだ。昔から知っている者もいれば、まったく知らない者もいる。ここは使用人の数が多すぎて、父上もすべては把握できていないようだ。執事に任せていると言っていた」

大きな屋敷だから、使用人は二百名くらいいるだろう。そのすべてを把握するのは難しい。

「でもどうして、カスリーン様に頼まれたなどと言い張るのですか？　もう殿下とは別れているのにおかしくないですか？」

パックの声は戸惑いに満ちている。

「正直まったくわからない。刺す場所によっては深い傷になることもあるが、デボラのような非力で背の低い女性に、刃物でユーリを殺すのは無理だ。だからどう考えても、カスリーンが狙われているとしか思えない」

「え？　わたしが狙われていたのですか？　でもそれなら、わたしを直接狙った方が確実だと思いますよ」

わたしは攻撃魔術が大の苦手だ。防御魔術も、自分だけを限定して守ることは難しくてできない。

そういうわけで、わたしを傷つけるつもりなら、わたし自身を狙った方が簡単だったと思う。

「そうだ。だが君の場所は遠すぎた。上級貴族の者が君のいた場所に行けば、相当注目される。君のそばに行くことは断念したのだろう。かわりに、君を陥れようとしているんじゃないか」

確かにデボラ嬢がわたしのところへ来ても、注目されて隙を狙って刺すことなんてできなかっただろう。

そのとき、どこかの部屋に行き当たった。

「ああ、ここだ。この部屋は誰も入ってくることができないから、安全だ」

ダリウス様がドアを開けてわたしを招き入れる。そこはパックの部屋よりは一回りほど小さいけれど、生活設備がすべて揃った部屋だった。ここでなら何日でも暮らしていけそう。

ただ、隠し通路を通らなければ、この部屋から出ることは不可能だという。

「どのくらいここに隠れていればいいのでしょうか」

「君の安全が保証されるまでだ。食事はパックに運ばせるから、くれぐれもここから勝手に出ないように。あとここで見たこと聞いたことは、君の胸に納めておくことだ。さもないと、どうなるか……わかるよね」

それはどういう意味なのだろう。わけがわからないながらに、わたしは頷(うなず)いた。

「とにかく必要なものはパックか私が持ってくるから、ここから絶対に出ないように」

それだけ言うと、ダリウス様はパックと一緒に出ていった。

一人きりになって、不安で胸がいっぱいになる。

犯人は誰なんだろう。わたしを貶(おとし)めることだけが目的ならいいけれど、ダリウス様やパックまで狙われたらどうしよう。その日は、なかなか眠れなかった。

公爵家の隠し部屋に匿われて三日。わたしは大人しく本を読んで過ごしている。この生活は退屈で、まるで閉じ込められているようだ。

ユーリ殿下の愛妾だったときも、与えられた家からほとんど出ることのない生活だった。それでもだいたい一日一回は殿下が来てくれていたし、侍女が身近にいた。かごの中の鳥のようだと思ったことはあるけれど、この生活に比べればまだマシだったと思う。とはいえこの生活も、一日一回はパックが食事を持ってきてくれるから、贅沢は言えない。

今もわたしのために来てくれたパックが、テーブルに食事を並べてくれている。

「何か食べたいものがあったら言ってね。それにしても、味覚障害が治って本当によかったよ。やっぱり男爵領みたいに自然が多いところで暮らすっていいんだね。ダリウス様もとても喜んでたよ」

「ありがとう。わたしも味がわかるようになって、すごく嬉しいの。公爵家のサンドイッチはとても美味しいわ。いくらでも食べられそうよ」

パックが運んでくれる料理は、いつも食べきれないくらい多い。魔術を施された鞄のようなものに入れて持ってきてくれるから、温かくて作りたてのものが食べられる。

「デザートまで用意してもらって、太りそう。……それより、まだここから出ることはできないのかしら」

この三日で、ダリウス様が『ここで聞いたことは内緒に』と言っていた意味がわかった。ここにいると、いろいろな声が聞こえてくるのだ。それは悪口だったり泣き言だったりで、聞いていて怖くなった。できるなら早くこの部屋から出たい。

しかしパックは顔を曇らせる。

「デボラ様はどうしてもお姉ちゃんを犯人にするつもりらしい。皇太子殿下が面会に行って『本当のことを話せば命だけは助けてやる』とおっしゃっても、『わたくしは本当のことしか話していません。カスリーン様に頼まれてしたことです』と言うだけだったって……」

デボラ様には会ったことがない。それなのになぜわたしの名前を出すのか、いくら考えても答えは出ない。

「わたしは彼女に恨まれてるのかしら。でもわたしと彼女には、なんの接点もないのだけど」

「ダリウス様にもわからないみたい。デボラ様はとても優しい方で、ダリウス様が病に倒れたときも、十年間見舞いを欠かさなかった方なんだって。成長しない姿を見せられないから、かなり早い段階から面会謝絶にしたけど、会えなくても十日に一回は訪ねてきてたみたいなんだよね」

「え？　それって結構大変じゃない。領地の屋敷の方を訪ねていたのでしょう？　ダリウス様が倒れたとき、デボラ様は幼かったから、親に連れていかれていたのかしら」

「公爵家との縁を諦めきれなかった親に、強制的に連れてこられていたんだろうね。でも、病気が長引くにつれて皇太子殿下以外誰もお見舞いに来なくなったのに、彼女だけは侍女と一緒にずっと訪ねてたって。それも四年前に婚約が解消されてからは、来なくなったらしいけどね」

仕方のない話だ。婚約が解消されれば、お見舞いに行くことは親が許してくれないだろう。

それにしても、デボラ様は聖女みたいではないか。ずっと婚約者を見舞い続けるなんて、誰にでもできることではない。

「でもそんな聖女のような方が、どうして殿下を刺したのかしら。しかも、わたしに頼まれたと嘘をつくなんて……」

ダリウス様も、かつての婚約者がこんな騒ぎを起こして、困っているに違いない。このままでは彼女は処刑されてしまう。どうにかできないだろうか？

「カスリーン様！」

パックが大きな声でわたしの名前を呼んだ。びっくりしてパックを見ると、睨まれてしまった。

「ど、どうしたの、パック？」

「どうしたのじゃないよ。またデボラ様に同情してたでしょう。彼女が処刑されるのは、自業自得以外の何ものでもない。自分でしたことの責任は自分で取るしかないんだよ。それより今は、自分のことを考えて。処刑されそうなのは、デボラ様だけじゃないんだよ」

パックの言う通りだ。わたしは犯人にされかけているんだった。それも、たった今同情していたデボラ様の証言によって。

でも、彼女がわたしを道連れにしようとしている理由がわからない。

だってわたしは、彼女と面識すらないのだから。わたしは知らないうちに、彼女に何かしたのだろうか。

「いくら考えても、デボラ様に恨まれるようなことはしてないんだけど……」

「ダリウス様も、調べてるけどわからないって言ってたよ。ただ、デボラ様が夜会の三日前に銀髪の女性と会っていたことが判明したらしい」

「え？　わたしは会ってないわよ」

「うん。僕たちはわかってるよ。でも、銀髪の女性っていうだけで、お姉ちゃんだと決めつけてる人もいる。だからまだしばらくは、ここで大人しくしてて。ダリウス様は本当に賢い方だから、きっと解決してくれるよ。殿下だって、まあいろいろと問題はあるけど、少なくともカスリーン様を見殺しにするような方ではないよ。だからここで待ってて。ここを出たら本当に危ないんだからね」

パックの真剣な顔に、頷くことしかできなかった。勝手にここを出たところで、自分に解決できるとは思えない。ダリウス様たちに任せた方がいい。

わかってはいるけれど、何もできないことがもどかしくて仕方がなかった。

銀髪の女性の話を聞いた二日後、ダリウス様とパックが揃って隠し部屋に訪ねてきた。

「銀髪の女性が君ではないということは、証明できた」

ユーリ殿下の配下の者が調べた結果、デボラ様が会っていたのは、四十代くらいの女性だとわかったそうだ。デボラ様もその女性も庶民の振りをしていたが、明らかに貴族の女性だと周囲にバレていたらしい。

城下にある最近できた食事処で、二人はひっそり会っていた。だがあまりにも二人は周囲から浮いていた。服装だけでなく、態度も庶民とかけ離れていたそうだ。

「では、わたしの疑いは晴れたのですね」

やっとここから出られると思ったが、ダリウス様は首を横に振った。

「いや、まだだ。これだけでは君の無実を証明できない。このことを告げても、デボラは君に命令されたと言い続けている」

わたしは頭を抱える。

「わたしは男爵令嬢に過ぎないのに、侯爵令嬢であるデボラ様に命令なんてできません。それは、みんながわかることですよね」

「普通はそうだ。だが君は殿下の愛妾だった。だから逆らえなかったのではないかと言う者も、少数だがいる」

ユーリ殿下とはもう別れたことも、周知の事実だ。それに愛妾だったときから、人に恐れられるような力なんてまったくなかった。愛妾を辞した今になってわたしに逆らえないなんてことは、絶対にないのに。

「結局は、わたしを黒幕にして終わりにしたいってことなのですね」

「まあ、そういうことだな」

「えー！　ダリウス様、なんとかならないのですか？」

パックが尋ねるが、ダリウス様も首を横に振るだけだ。

デボラ様が言い張る限り、わたしの無実を証明するのは難しいのだろう。

「仮にわたしが黒幕（くろまく）だとして処理された場合、デボラ様は助かるのですか？」

「いや、彼女が助かることはない。デボラは皇族を傷つけてしまった。それも公（おおやけ）の場でだ。処刑されることになるだろう」

「で、でも殿下は助かったのに……」

「たとえ大した傷でなくとも、刺したという事実がある限り、彼女を助けることは無理だ」

ダリウス様は二歳の頃の彼女しか知らないそうだが、たびたび見舞いに来ていた彼女を、あの暗い場所から見ていたはずだ。少しずつ成長する彼女を、どう思っていたのだろうか。誰もが離れていく中で、デボラ様は十年もダリウス様を見舞っていたという。本当はデボラ様のことを助けたいと思っているのではなかろうか。

「ダリウス様は、デボラ様を助けたいのではないですか？」

「従兄（いとこ）を傷つけたんだ。そのように思うはずがなかろう」

そういえば、ダリウス様――ダリーは昔から頑固だった。それに、自分の望みを我慢するところもある。

なんとかしてあげたいけれど、こんなところにいるし、わたしには何もできない。

「デボラは確かに私の見舞いに来てくれたし、そのことで慰（なぐさ）められもした。でもユーリだって、私のことを見舞い続けてくれたんだ。ユーリを傷つけたことは許されない」

ダリウス様にとってユーリ殿下は相当大事な人らしい。

「一度、彼女に会えないでしょうか？」

彼女に会えば、なぜわたしの名を出したのかわかるかもしれない。

「そんなこと、許可できるわけがないだろう」

「しかし、このままでは平行線だと思います」

会ってどうするかなんて考えていない。でも、このままわたしが隠れていても彼女は処刑されるだろうし、彼女がいなくなれば、わたしの無実が証明されることはなくなってしまう。

「どうなっても責任は取れないが、それでもか？」

「それでもです。一生隠れて生きていくわけにはいかないでしょう？」

「わかった。なんとかしてみよう。だが会ってもカスリーンの無実が証明されなかったときには、君に死んでもらうことになる」

「えっ？」

わたしとパックの声が重なった。ダリウス様の目は真剣で、それだけ危険だということがひしひしと伝わってきた。

「どうしてお姉ちゃんが死ぬことになるの？」

パックが衝撃で声の出ないわたしのかわりに聞いてくれた。

「このままでは、カスリーンは皇太子を殺そうとした主犯として処刑される。デボラが証言を変えない限りは、下級貴族の君を助けることは難しいと陛下が言っておられた。しかし手がないわけではない。処刑されたことにして、命だけは助けることができる。だがその場合、カスリーンは死んだことになる。君は別人として生きていかなければならなくなる」

カスリーンとしてではなく、別人に？　そんな生き方は考えたこともなかったけど、これが精いっぱいダリウス様が交渉してくれた結果なのだろう。

他に方法なんてない。もしわたしがここでデボラ様に会わなかったとしても、同じことだ。彼女が本当のことを言ってくれない限り、カスリーンとしてのわたしは存在できなくなる。

「それでもわたしはデボラ様に会いたいです。ただ、家族の無事は保証してください」

「わかった。君は思っていた以上に頑固だな」

ダリウス様は息を吐くと、それだけ言って出ていった。頑固なのはお互い様だと思うんだけどね。

デボラ様と話がしたいと言った次の日、わたしは皇宮で侍女の姿になっていた。髪型を変え、侍女の服を纏(まと)っただけで、鏡に映る自分が誰かわからないくらいに変わった。

「皇家は公爵家も疑ってると言ってたから、こんなに簡単に皇宮に入れるとは思ってなかったです」

わたしは皇宮内にある公爵家の私室にいる。皇家の血筋を引いている彼らには、皇宮に部屋が用意されているのだ。

「そんな噂くらいで筆頭公爵家は排除されないよ。それに噂を信じているのは、ほんの一握(ひとにぎ)りの人間だからね」

「そうなんですね。デボラ様とは、どうやって面会するんですか?」

「いろいろ考えたのだが、一番いいのは私が彼女に会いに行くことだと思う。君は侍女として私の後ろについていくんだ」

その言葉に、わたしは首を傾(かし)げた

「知らされていないのにわたしがいたら、デボラ様は怒りませんか?」

「君が誰かわかったら、怒るかもしれないね。でも彼女は君をわからないんじゃないかと思っている」

「どういうことですか？」

「この間の夜会でも思ったが、君の顔はごく一部の人、主に男爵家と付き合いがあった人たちくらいしか知らないようだ。夜会で君の周りにいた人間は気づいたようだが、私の周り――上級貴族たちは、君が出席していたことすら知らない。おそらくデボラ嬢も、君が銀髪だということしか知らないだろう」

「なるほどですね……。でもわたしはわたしとして彼女に会いたいんです」

ダリウス様はわたしと目を合わせるとニヤッと笑った。

「それは知ってる。任せてくれ。ただ――この間も言ったが、もし君の無実が証明されないときは、カスリーン・ヴィッツレーベンはこの世からいなくなる。それで本当にいいんだね」

ダリウス様の笑顔は変わらないけれど、威圧されている気がしてわたしは顎(あご)を引いた。

「わかってます。ただ、わたしの家族は本当に無事なんですよね。父様のことだから大丈夫だとは思いますけど」

「そのことなんだが……男爵は素晴らしいね。どこにいるのか、掴めないいんだ。君と一緒に匿(かくま)うつもりだったのに、私たちの助けはいらないようだ」

「誰かに捕まってるということはないですか？」

「それなら情報が入ってくる。なんの手がかりも掴めないのは大丈夫だということだ」

ダリウス様の言う通りだといいけど、父様たちが心配だ。でも一度は一家で他国に逃げることを考えていたのだから、隠れる場所はたくさん確保しているのだろう。

なんだかわたしは、家族に迷惑ばかりかけている。

わたしがいろいろと悩んでいると、ダリウス様がぽつりと言葉を漏らした。

「デボラは私がダリウスだとわからなかったよ」

夜会がはじまる前に会ったときに、名乗るまでダリウス様だとわからなかったらしい。

でもそれは仕方がない。成長して、ダリウス様は随分外見が変わった。それにデボラ様はダリウス様の眠っているところしか見たことがない。しかも、十五年ほど前のことなのだから、わかるわけがない。

「ダリウス様の寝姿だったら気づいたかもしれませんよ」

わたしの言葉に、ダリウス様が少しだけ驚いた顔になる。そして、「そうかもしれないな」とうっすら笑みを浮かべた。

デボラ様への面会は、思いのほかあっさりと叶った。

「ダ、ダリウス・ウェルズリー様？」

デボラ様の部屋に入ると、彼女は椅子に座ったままダリウス様を見て首を傾(かし)げた。なぜ彼がここにいるのかわからないという顔だ。

わたしはダリウス様の後ろから、そっとデボラ様を観察した。長い間拘束されているせいか、やつれているように見えるけれど、拷問(ごうもん)などはされていないようでホッとした。服も着替えているようだ。ただ、デボラ様の腕には魔術が使えなくなる腕輪がついている。

「デボラ、君には言っておきたいことがあった。見舞いに来てくれてありがとう」

わたしはダリウス様が何を話すのか聞いていない。でもダリウス様はお礼を言うために、デボラ様に会いに来たのだとわかった。わたしが彼女に会いたいと言う前から、彼はデボラ様と会うつもりだったのだろう。

「ずっと私を忘れずに、見舞いに来てくれてありがとう。いつも嬉しく思っていた」

「ダリウス様は意識がなかったのですよね？　わたくしが見舞いにうかがっても、わからなかったでしょうに」

デボラ様は不思議そうな顔をしている。

「信じられないかもしれないが、君が見舞いに来てくれたことは見えていたんだ。私は君が応接間に座っている姿を覚えているよ」

「う、嘘です。ダリウス様は死んだのです！」

デボラ様は突然立ち上がって叫んだ。その内容に、わたしは目を見開く。

ダリウス様も驚いているが、彼女は構わずに叫び続ける。

「あなたはダリウス様ではありません。わたくしはある方から聞いて知っているのです。ダリウス様が亡くなられたことを隠して、オズバーン侯爵様の隠し子を、ダリウス様ということにしたのだと！　皇太子様のそばに置くために、一番障害の少ない立場が『従弟（いとこ）』だからと。あなたはニセモノだって、知っているんですから！」

デボラ様の言っていることは、まったく事実ではない。けれど彼女は目の前にいるダリウス様は替え玉だと信じ込んでいるらしい。

それにしても、『ある方』って誰？　その人が銀髪の女性なのだろうか。

「私は正真正銘、ダリウス本人だ。誰にそんな嘘を聞かされたんだ？」

ダリウス様が尋ねるが、デボラ様はそれには答えない。

「わたくしはユーリ殿下を刺し、ダリウス様の仇（かたき）を討ったのです。ダリウス様は喜んでおられます」

デボラ様は本当に心からそう信じているようだ。彼女の言葉にダリウス様は憤（いきどお）る。

「私が喜んでいるだって？　私は殿下が傷つけられることを望んだことなど一度もない。君が何をもって殿下を私の仇（かたき）と思っているのか、聞かせてもらおう」

「殿下はダリウス様を見捨てたのです。殿下には彼を助けることができたのに、それをしなかった。あの女の方が大事だったのです。許せません」

デボラ様は言えないと言いながら、次から次へと話していく。自分が何を話しているのかわかっていないのでは、と心配になるほどだ。

少しでも情報が欲しいから、わたしは黙ってダリウス様の後ろで話を聞いていた。

「君の話だと、殿下は私を助けることができたのに、その女性のためにしなかったように聞こえるが、そんな話を信じてこんなことをしでかしたのか？　殿下を殺したかったのか？」

「殿下を殺すつもりはありませんでした。殿下はダリウス様の従兄で、この国の大事な方ですから。でも彼に苦しんでほしかった。わたくしから愛しのダリウス様を奪った二人を、傷つけたかった……。カスリーンはダリウス様を助けられるのに、殿下が妃にしてくれるまで治癒魔術を使わないと拒んで、殿下も彼女の味方をしたのです。彼女が治癒魔術を早く使ってくれたら、ダリウス様は助かったのに……」

そこまで言うと、デボラ様は子供のように泣き出して、手がつけられなくなった。

彼女の発言に、わたしは動揺する。

妃にしてくれるまで治癒魔術を使わないと言った女って、わたしのこと？　殿下がわたしの味方をしたってどういうこと？　わけがわからない。

それにしても、デボラ様は大丈夫だろうか。急にこんなにたくさん話し出すなんて。

「誰にそんな話を聞かされた？」

泣いているデボラ様の肩を揺さぶって、ダリウス様が一番大事なことを聞く。彼女の後ろに誰がいるのか、それが重要だ。

でもデボラ様は、それ以上話すことができなかった。彼女は泣きながら意識を失ってしまったのだ。

「デボラ！　大丈夫か⁉」

ダリウス様は、デボラ様を抱き起こす。そして何かに気づいたのか、慌てたようにわたしを呼んだ。

「カスリーン、デボラに治癒魔術をかけてくれ」

「え？　どういうことですか？」

「彼女は公にはしていないが、心臓が悪いんだ。心臓に障るほど、興奮させてしまったらしい。助けてやってくれ」

わたしは慌ててデボラ様のそばに行くと、背中に手を当てた。——彼女は息をしていない。

急がないと死んでしまう。そのとき、一瞬だけ躊躇した。今助けたとしても彼女の未来には、死が待っているのだ――

「カスリーン！　頼むから助けてくれ」

ダリウス様の声で我に返った。そう、たとえ処刑される運命だとしても、今はまだそのときではない。デボラ様には死んでほしくない。

その瞬間、治癒魔術が発動した。

皇宮にあるダリウス様の私室でパックと一緒に待っていると、ダリウス様が帰ってきた。向かいに座った彼の顔色が悪くて、わたしは慌てる。

「デボラ様は大丈夫ですか？」

治癒魔術は成功したと思っていたが、駄目だったのだろうか。

すると、ハッとしたように、ダリウス様がわたしを見る。

「ああ、すまない。彼女は大丈夫だ。しかし、肝心なことが聞けなかった。彼女の後ろに誰がいるのかわからないままだ。……それにしても、彼女の心臓の調子が、動揺で発作を起こすほどひどい状態とは思わなかった。君がいてくれてよかったよ」

そのとき、パックがダリウス様の前に飲み物を置いた。ダリウス様はお礼を言うと、一口飲んで息を吐く。

「そうですね。わたしもデボラ様が助かってよかったです」

あの様子だとデボラ様は、ダリウス様の婚約者だったというだけでなく、本当に彼のことを愛していたのだろう。わたしや殿下のことが許せなかったと言っていたし。何にしても、デボラ様が一命をとりとめてよかった。

「それから、少しだけわかったことがあったな」

「デボラ様がダリウス様のことを好きだったということですね」

わたしがそう言うと、ダリウス様の顔が真っ赤になった。

「違う！　そういうことではない」

なんだ、違ったのか。てっきりそのことだと思った。

「他に何かありました？」

「彼女が君について知っていたことだ。君の治癒魔術のことは、公爵領の屋敷にいた者しか知らないはずだ」

ダリウス様の言葉に、わたしは首を傾げる。

「でもわたしが治した冒険者や、そのとき捕らえた山賊は知ってますよ」

「いや、彼らが知っているのはカスリーンが治癒魔術を使えることだけだ。私の呪いを治す力があることまで知っている者はいない」

そういえばそうだった。それならデボラ様は、どこからその情報を得たのだろうか。

わたしはダリウス様の治療をした。そのことは、公爵領の屋敷にいる者は全員知っているはずだ。ダリウス様の身辺にスパイをするような者はいないと公爵様は言っていたし、眠っている間、屋敷中を見ていたダリウス様も大丈夫だと言っていたけれど……。

裏切り者がいたということなの？

「でも、ご領地の屋敷にいる人は信用できるって言っていましたよね？」

わたしが聞くと、パックも頷いている。

「うん、みんな優しいし、隠し事をしているような人はいなかったですよ」

そう自信満々に言う。屋敷の中に公爵家を裏切るような者は絶対にいないと信じているらしい。

パックの言葉にダリウス様も頷く。

「そうだね。私もそう思う。ずっと彼らを見ていて、彼らが私たちを裏切るとは思えない。ただ……」

「ただ？」

「ただその人物が、これは私たち公爵家を裏切る行為ではないと思っていれば別だ」

「でも、変です。公爵家の人はみんな、お姉ちゃんに感謝していました。だから僕なんかのことも可愛がってくれて……お姉ちゃんのことを貶(おとし)めるようなことをする人がいるなんて、信じられません」

パックは、この半年間とてもお世話になった人たちの中に犯人に協力している人物がいるなんて、考えられないと言う。

わたしにはそこまではわからない。公爵様たちのことは信じられるけれど、公爵家に雇われている人たちのことまでは信じているとは言えない。わたしは黙り込んだ。

ダリウス様も困り顔で言う。

「パックの気持ちはありがたいけど、人の気持ちはわからない。デボラのこともわかっているつもりだったのに、そうではなかったからね」

みんなが笑顔で接してきても、内心どう思っているのかはわからない。

わたしたちは黙り込むことしかできなかった。

その後、ダリウス様は公爵家に帰る前にやらねばならないことがあるという。パックと二人で、ダリウス様の用事が終わるのを待つことになった。

ユーリ殿下がダリウス様を訪ねてきたのは、それから少し経った頃だった。わたしはパックと一緒にお茶を飲んでいて、ダリウス様は書き物をしていた。

「ダリウス、デボラは何か吐いたか？」

ユーリ殿下はノックもなしに扉を開けて、入ってくるなり尋ねた。ダリウス様がデボラ様に面会することを知っていたのだろう。わたしとパックは紅茶の入ったカップを持ったまま、固まってしまった。

殿下の後ろには、三人もお付きの人がいる。その人たちはわたしたちを見て眉をひそめた。きっと、わたしたちが使用人だと思っているのだ。主人であるダリウス様が働いているのに、使用人がお茶を飲んでいるのが、信じられないのだろう。

わたしたちも一応、ダリウス様に遠慮したのだ。ダリウス様は気にするなと言ってくれたから、こうしていただいているわけで……うーん、やっぱり非常識だったのかな？

そんなことを考えていると、ユーリ殿下がわたしを見て目を見開いた。

「な、な、なんでここにカスリーンがいる？　それにその格好！」

今度はユーリ殿下がわたしの侍女姿に固まっている。

「今、ちょうど休憩しようと思っていたところだ。パック、ユーリと私のお茶を頼む」

パックはサッと立ち上がって、お茶の用意をする。手際がいいのですぐに用意できた。

ユーリ殿下はわたしの前の席に座る。でも本来その席は、ダリウス様の席だ。

ダリウス様はふーっと息をついて、わたしの隣に座った。

「な、なんでダリウスがカスリーンの隣に座るんだ」

「君が私の席に座るからだろう。まったく困ったものだ」

本当に困った人。これではどちらが年上なのかわからない。

「それより、なんでカスリーンがダリウスの侍女をしている？　私は聞いてないぞ」

「その話をしに来たのではないだろう？　デボラの話が先ではないのか？」

ダリウス様に言われて、ユーリ殿下はデボラ様のことを思い出したようだ。

「そ、そうだったな。デボラは黒幕が誰か話したか？」

「黒幕を話す前に心臓の発作を起こして倒れてしまった。ただ、殿下とカスリーンに恨みがあった。白状したので、カスリーンの無実は証明されたよ」

わたしの無実が証明されたと聞いて、ユーリ殿下はホッと息をついた。

その姿で、殿下がわたしを心配してくれていたのだと気づく。

「そうか。黒幕がわからなかったことは残念だが、カスリーンの無実が証明されてよかった。それならもうカスリーンは男爵家に戻っても大丈夫なのだな」

「いや、黒幕がわかるまでは、戻らない方がいいだろう」

え？　わたしはまだあの隠し部屋で生活しないといけないの？

驚いたが、必死に口を噤んだ。わたしのためを思ってしてくれているのに、さすがに不満は言えない。

「うむ。だが隠し部屋では息が詰まるだろう。黒幕が明らかになるまで、何日かかるかわからないぞ」

「それはそうだが、命を狙われている可能性を考えると、やはり隠し部屋にいた方が安全だ」

「あの部屋は私も一度足を踏み入れたことがあるが、外は見えないし、窓から光が入らないから暗くてジメジメしてたじゃないか。そんなところにずっと閉じ込められるのはカスリーンが可哀想だ」

「それは子供の頃の話だろう。今は照明の魔道具も置いてあるから、他の部屋と同じで明るいよ」

わたしは二人の言い合いを、オロオロと見ていることしかできない。

パックやユーリ殿下のお付きの人は、二人が言い合っていても気にならないようで、黙って眺めている。

パックに小声で「大丈夫なの?」と聞くと「いつものことだから大丈夫」と言われた。

わたしがいるからなのか、ユーリ殿下は黒幕のことやデボラ様のことをそれ以上は聞いてこなかった。ただ延々と、わたしがどこに身を隠すのがいいかを言い続けている。

「皇宮で暮らさないか？　皇宮の方が警備は厳重だぞ」

そんな提案をされ、「畏れ多いです」と慌てて断った。

心配してくれるのはありがたいけれど、皇宮で暮らせるわけがない。

隣に座っているダリウス様をちらっと見ると、彼は肩をすくめて首を横に振った。そして『仕方がない』とでも言いたげに、ダリウス様が口を開く。

「ユーリ、話が横道に逸れたが、ここからが大事な話だ。カスリーンをいじめていた侍女長は、今は何をしている？」

「侍女長？　ああ、カスリーンをいじめていた者は全員解雇処分にしたから、実家に帰っているだろう」

ダリウス様は、念を押すように問いかけた。

「確かなのか？」

「ああ、確かだ。監視も置いている。ヨーダ、侍女長に動きはあるか？」

ヨーダと呼ばれたのは、ユーリ殿下の一番近くに立っている側近だ。

「はい。侍女長にも他の侍女たちにも、動きはありません」

皇太子の愛妾に対する行為を反省こそしなかった侍女長だったが、解雇に異議を申し立てることはなかったそうだ。ただ、皇族に対して不満を抱き何かしでかす可能性があるので、しばらくは監視がつくらしい。

「侍女長がどうかしたのか？」

ユーリ殿下は首を傾げる。

「今度の件に関わっていないか気になっていたが、関係ないようだな。カスリーンいじめの黒幕だったアレスも謹慎処分にしたと言ったが、彼に情報を流した者がいないかも調べた方がいい。ここにいるユーリの側近は、カスリーンのことをどれだけ知っている？」

なんとダリウス様は、ユーリ殿下の側近も疑っているようだ。殿下の側近は彼の手足のようなもので、どんな話し合いのときも空気のように彼のそばに立っている。確かに一番疑わしいかもしれない。

「どれだけって……カスリーンは治癒魔術の使い手で、ダリウスを治したということくらいだ」

その話は、ほとんど知られていないことだ。

「そうか。わたしの屋敷にいる者と同じことを知っているということか。どちらから漏れたのか……」

ダリウス様が頭を悩ませていると、殿下の側近の一人が突然跪いた。

「も、申し訳ありません。私がアレスに話しました。カスリーン様のことを聞かれて、つい話してしまったのです。アレスが自宅で休んでいることは知っていましたが、それが謹慎処分なのだとは知らず……申し訳ありません！」

その話を聞き、ダリウスはため息をついた。

「ユーリ、アレスの罪を公表し、完全に切ることはできなかったのか？　この者が悪いのではないぞ。これはユーリのミスだ」

殿下は青ざめている。ユーリ殿下のこういう優しさがわたしは嫌いではないけれど、一国の皇帝になるには、優しいだけでは駄目だ。

「すまない。アレスに反省を促（うなが）すつもりで謹慎処分にしていた。私の側近には戻せないが、反省すれば他の部署に異動させられるだろう、と……。彼の経歴に傷をつけたくなかったのだ。アレスは確かにカスリーンのことで侯爵家に手を貸したが、それは私のことを思ってしたことで、悪気はないようだった。それで、更生できるのならと思ったのだが……まさかまたアレスが？」

ダリウス様はため息をついた。

「アレスは君に処分されたことで、カスリーンを憎（にく）む気持ちに拍車がかかったのかもしれない。カスリーンさえいなければこんなことにならなかった、と考えたんじゃないかな。アレスは昔から下級貴族に対して辛辣なところがあったから」

　ダリウス様の言葉に、責めるような含みはなかった。淡々と話している。

「そうなのか？」

「ユーリが気づかなかったのは、君のそばに下級貴族がいないからだ。ユーリに近づけた下級貴族はカスリーンだけだろう？」

　殿下の側近には下級貴族がいない。デビュタントがなければ、わたしだってユーリ殿下と出会うことはなかったはずだ。

　ユーリ殿下は呆然とした様子でいたが、しばらくして我に返るとわたしに深く頭を下げた。


　デボラ様と面会してから、五日が経った。

　わたしはいまだに、公爵家の隠し部屋に身をひそめている。

　アレス様が怪しいとダリウス様は言っていたけれど、その後どうなったのかは知らない。

「父様は男爵家の屋敷に戻られたと聞いたけど、わたしが帰れるのはいつになるのか……」

父様の居場所をつきとめたダリウス様は、わたしの無実が証明されたことを伝えたそうだ。父様は今度こそ他の国に移住しようとしていたが、またもやダリウス様によって阻止されたらしい。

その話を教えてもらったとき、ダリウス様は顔をしかめてこう言った。

「男爵は油断できない方だ」

ダリウス様にだけには言われたくないと、父様は思っているだろう。潜伏場所まで掴まれたのだから父様の完敗だ。

ダリウス様の見解では、黒幕（くろまく）として一番怪（あや）しいのはカテリーナ・オズバーン侯爵令嬢らしい。オズバーン侯爵家の長女で、ユーリ殿下の筆頭婚約者候補だった女性だ。

オズバーン侯爵家は、侍女長やアレス様がわたしにしたことについて表立った処分は受けなかったものの、婚約は破棄となった。

今回の件はそれが原因だろうと、ダリウス様は推理されたみたい。

しかし、わたしは本当にそうなのだろうかと疑っている。また事件を起こせば印象はさらに悪くなるのに、これ以上罪を深くするようなことをするだろうか。

しかも今回は、皇太子であるユーリを傷つけているのだ。バレたら自分たちの命が危ないのに、そんなことまでするとは思えない。

ダリウス様は、わたしには言っていない何かを掴んでいるのかもしれない。

そのとき、コンコンとノックの音が響いた。今日はダリウス様もパックも忙しいと言っていたのに、来てくれたのだろうか？

「どうぞ」

しかし、扉から現れたのは、知らない人だった。侍女の姿をしているが、見たことのない女性だ。

女性はわたしを見ると、頭を下げた。

「お夕食をお持ちしました」

「えっと、あなたが？　今日はパックはいないのかしら？」

ダリウス様は、自分とパック以外の人間にここの隠し部屋にわたしがいることを知らせないと言っていた。見知らぬ女性が来るなんて、絶対におかしい。

「パックさん、ですか？　すみません。私は今日からここに勤めはじめたので、よくわからないのです。ただ、こちらにお夕食を運ぶように命じられまして」

彼女が本当のことを言っているのか、嘘をついているのは判断できない。でも彼女が運んだ食事は食べない方がいいだろう。

「あなたのお名前は？」

「ミザリーです」

ミザリーは、ワゴンで運んできた食事をテーブルに並べている。

彼女はどうやってここに入ってきたのかしら。ここへは、公爵家の人とパック、そしてわたししか入ってこられないと聞いている。通路を知っているということは、誰かに教えられたのだろう。

「ミザリーはどうやってここに入ってきたの？」

「え？　普通にドアから入ってきました。お嬢様にお食事を運ぶよう頼まれたので……でも正直、廊下が暗くて不気味なので早く帰りたいです」

ミザリーは隠し通路が暗くて不気味だったと言う。

ダリウス様と通路を歩いたときに、自身で明るくなるように設定していると言っていたことを思い出した。代理で食事を運んできたのがダリウス様の指示であれば、明るくなるようにしておくはずだ。ミザリーがここに来たのはダリウス様の命令ではないのだろう。

じっと彼女を観察するけれど、おかしなところはない。シンプルなお仕着せの侍女姿にも違和感はない。ドレスもエプロンも、間違いなく公爵家のものだ。

「ねえ、ミザリー。他には何も頼まれてないの？」

「他にですか？　いえ、食事を運ぶ以外は頼まれていません」

「そう。でも食欲がないの。申し訳ないけど持って帰ってもらえる？」

美味しそうな匂いがするが、食べるわけにはいかない。

「こんなに美味しそうなのに……もったいないですよ」

「そうね。でもいらないわ」

わがままな人だと思われるかもしれない。でもここはきっぱり断らないといけない。

「……わかりました」

ふっと息をついて、ミザリーは片付けをはじめる。

それを見ていると、急に眠気が襲ってきた。

食事には手をつけていないのに、どうして眠いのかしら。不自然すぎる眠気に抗おうと何度も首を振るけれど、身体からは次第に力が抜けていく。

カチャカチャと食器を片付ける音が聞こえる。

ミザリーの顔は見えないのに、なぜか彼女が笑っている気がした。

最近は見ることがなくなっていた、夢の中にいた。

でも以前とは違って、今日のわたしは傍観者の立場だ。わたしは目の前にいる、幼いわたしと幼いダリウス様……ダリーを眺めている。

覚えてはいないけれど、これは昔にあったことなのかしら。

「ダリー」

幼いわたしが、ダリーに呼びかける。

「ねえ、いつも何を見ているの？」

返事はない。それでもダリーの顔を眺めているだけで、幼いわたしは嬉しそうだ。

すると突然、ダリーが立ち上がった。彼は突然歩き出した。歩くといっても、どこにも辿り着くことはない。そこには暗闇が広がっているだけだから。

「ねえ、ダリー。何かあったの？」

幼いわたしは、ダリーを追いかける。彼が早歩きなので、追いつくのに必死だ。そして幼いわたしは、ダリーの肩を掴んだ。当時は彼に触れることができなかったはずなのに、なぜか掴んでいる。

その瞬間、周りの風景が変わった。

「ダリー、ここどこ？」

幼いわたしが尋ねる。けれどダリーにもわからないのか、彼は首を振った。

ジメジメした牢屋の中のようで、幼いわたしは怖がってダリーにしがみついた。しがみつくことができるのも不思議だ。

牢屋の中には、黒髪の女の人ばかりが集められている。

その様子を見て、わたしはハッした。

牢屋の中にいる女性のうち数人だけが、幼いわたしたちに気づいた。その人たちは魔女だ。

なぜだかわからないけれど、確信する。

魔女たちは幼いダリーとわたしを見て笑った。それはあまり楽しそうな笑みではない。

その中の一番強そうな魔女がダリーに向かって何かを叫んで、手を振り上げる。

『――ッ！』

魔女の言葉は聞き取れない。耳を澄ますと、遠くからその魔女の名を呼ぶ声が聞こえた。

『マ――ッ』

次の瞬間、夢は途切れてしまった。


目が覚めたとき、わたしは馬車の中で手足を縛られ、転がされていた。

はじめて乗合馬車に乗ったときのことを思い出す。あのときのわたしは左右に大きく揺られて、パックに心配された。

今のわたしは、馬車の中が荷物でいっぱいなおかげで揺さぶられることもない。

目が覚める前に見た夢は、昔あったことだ。どうして今になって昔の夢を見たのだろう。

不思議だけれど、すっかり忘れていたから、夢を見られてよかった。

わたしとダリウス様は幼い頃、あの暗闇の空間で、魔女に会ったことがある。でもそのときに何があったのか、わたしは思い出せない。魔女の言葉や行動をダリウス様は覚えているだろうか。

そのとき、背筋に寒気が走った。

ふと、魔女だけが呪いを操ることができることを思い出す。もしかしてあの魔女は【ループ】と関係があるのかもしれない。

しかし、確実なことは何もわからない。

気を落としたそのとき、ガタガタと激しい揺れを感じてハッとする。今はそれどころではない。

どうやらこの状況から考えると、わたしは攫われてしまったようだ。

攻撃魔術で馬車を破壊することはできるが、周囲の様子がまったくわからない今、むやみに魔術を使うわけにはいかない。ひとまず、可能な限り情報を集めよう。

こうして考えている間も、馬車は止まることなく走っている。どのくらい眠らされていたのかわからないから、今が何時なのかも当然わからない。

わたしは這うようにして馬車の中をずりずりと動くと、外が見える隙間を探し当てる。外は暗いから、まだ夜なのだろう。眠らされてから、それほど時間は経っていないのかもしれない。

「ボルト兄さん。こんなことをして、本当に大丈夫なの？」

馬車の外から少年の声が聞こえてくる。車輪の音が騒がしいから大きな声を出しているらしく、わたしにもはっきりと聞こえた。

「お金になるんだ。仕方ないだろう。それに今さらなかったことにはできない。そんなことをしたら、俺たちは殺される」

「で、でも女の人を運ぶなんて、やばすぎるよ……。このままやってもやめても、俺たちは殺されるんじゃないの？」

どうやらこの二人は、誰かに頼まれてわたしを運んでいるようだ。きっとミザリーと名乗った女性やその仲間がわたしを公爵家の外まで運び出し、この兄弟にどこか目的地まで運ばせているのだろう。

弟の言うことは、間違っていないと思う。この兄弟に命じている者は、二人から自分たちの足がつくことを嫌うはずだ。兄弟がわたしを運び終えたら、処分しようと考えているのではないか。

運よく殺されなかったとしても、わたしが逃げ出したり公爵家や男爵家に保護されたりしたら、彼らは処罰を受けることになるだろう。

それにしても、この二人にとってわたしを運んでいるのは、不本意なことらしい。なのにどうしてこんなことをやっているのかと不思議に思っていると、兄の方が苛立った口調で言う。

「そんなことは、お前に言われなくともわかっている。だが他にどうすればいい？　こっちはお袋と妹を人質に取られているんだぞ。どうしようもないんだ……」

なるほど、事情がわかってきた。この兄弟は、わたしを攫うために利用されたのだ。やはりわたしを黒幕のところに連れていっても、彼らは助からないだろう。彼らの母親と妹だって、どうなるかわからない。自分のせいで人が殺されるなんて、絶対に嫌だ。

何かいい考えはないものか。すぐには思いつかないが、実行犯の兄弟がこんな大きな声で話をしているということは、周囲に他の人間はいないらしい。それがわかっただけでもよかった。

わたしは大きな声で御者席の彼らに呼びかける。

「ねえ、あなたたち。わたしと取引しない？　このままわたしを連れていっても、弟さんの言うようにきっと家族全員殺されるわよ」

かなり大声で叫んだのに、聞こえなかったのか、馬車は停まらない。仕方ないので、何度も繰り返し叫ぶ。

「おい、なんか聞こえなかったか？」

兄の方が、やっとわたしの声に気づいてくれたようだ。

「そういえば、さっきから声がしているような……。あっ、もしかしてあの女の人が目を覚ましたとか」

「そんなはずはない。女を渡してきたやつは、明日の朝までぐっすりだって言ってたぞ」

「でも声がするのは確かなんだから、ちょっと馬車を停めて確かめようよ」

弟が兄を説得してくれて、馬車が停まった。二人の足音が近づいてくる。

とりあえず声をかけてみたものの、どうやって二人を説得するかは決めていなかった。でもこのままだと、きっとみんな殺されてしまう。それだけは避けなくてはいけない。

明かりを持った男が二人、中に入ってきた。明かりで照らしてわたしを見ると、兄らしき青年が顔をしかめる。

「本当だ、起きてる。おかしいな」

弟らしき少年は、慌てた様子で兄の腕を掴む。

「どうするんだよ、兄さん。顔を見られちゃったし、もう俺たちはおしまいだよ」

「し、仕方ないだろ。お前は母さんたちがどうなってもいいのか」

「こんなことして、どっちにしてもただじゃ済まないよ。いっそのこと、公爵様に話して助けてもらったらよかったのに」

二人はわたしをそっちのけで言い争いはじめた。

どうしようかなあと思って眺めていると、大きな音が響き、二人が突然倒れてしまう。

「お姉ちゃん！　大丈夫だった？」

どこから現れたのか、目の前にパックがいた。足元には兄弟が転がっている。どうやらパックに倒されたようだ。

伸びている二人を、パックは手早く縄で縛り上げる。

「どうしてパックがいるの？」

「お姉ちゃんがピンチだったから、出てきたんだよ。本当は黒幕が現れるまで隠れてる予定だったんだけどね。この二人も利用されているだけみたいだし、お姉ちゃんが危ないときは助けるってダリウス様と約束してたから出てきたよ」

それだけ言うと、ポケットから紙を出して呪文を唱えるパック。すると、白い鳥のようなものが紙を持って消えた。

パックは手紙の魔術まで習得したらしい。成長が目覚ましい。

「パックがそばにいてくれたのね。知っていたらじっとしてたんだけど……」

わたしがそう言うと、パックは気まずそうな顔で見つめてくる。

「怒らないの？」

「なんで？」

「僕たち、お姉ちゃんを囮に使ったんだよ」

パックに言われてみて、なるほどと思った。これはわたしを囮に使って、犯人をあぶり出す作戦だったんだ。

それで、ミザリーが通路を使って隠し部屋に来たり、わたしも簡単に公爵家から連れ出されたりしたのね。疑問が解けてすっきりする。

「犯人を特定するのは、わたしのためよね。パックもそばにいてくれたんだし、怒るなんてできないわ」

わたしの言葉を聞いて、パックは呆れと、それでいてホッとしたような複雑な表情になった。

「お姉ちゃんは、お人よしすぎるよ。あと、もっと人を疑った方がいいと思う」

「今回はおかしいと思ったから、食事は食べなかったのよ。それでも眠くなったのよね……魔術でも使われたのかしら。それであの侍女は捕まったの？」

「僕はずっとここに隠れていたから、正確なことはわからないけど、今頃は捕まっていると思う」

「そう、よかったわ。ところで、パックはどこに隠れてたの？」

馬車の中は物がたくさんあるせいで、人が隠れられそうなスペースはない。

もしかしてパックは、この半年で姿を消せる魔術か何かを習得したのかもしれない。

「そこの箱の中に隠れてたんだ」

魔術じゃなかった。少しがっかりしたけれど、パックが指さした箱を見て驚く。

「こんな小さな箱の中に隠れてたの？」

「中身を全部出して隠れたんだ。他に隠れるところがなかったから、仕方なかったんだよ。それなのに殿下が、自分が隠れてついていくとかわがままを言って、大変だったんだから。僕だって苦しいくらいの大きさなのに……」

ユーリ殿下が？　成人男性がこの小さな箱に入るなんて絶対に無理だ。

それにしても、ユーリ殿下もこの作戦に噛んでいるのね。公爵家だけの作戦かと思っていた。

「それで、これからどうするの？　犯人のところに行かないと捕まえられないわよね」

「返事が来るから待って……あっ、来た」

白い鳥のようなものがパックのもとに手紙を運んできて、消えた。手紙の魔術は、障害物があってもすり抜けることができるからとても便利だ。

パックは手紙を開いて読みはじめる。

「ねぇ、パック。なんて書いてあったの？」

「うーん。ここで弟の方は置いていけって。連れていっても足を引っ張るだろうから。でも兄の方は一緒に来てもらうことになる……」

パックはそこで言葉を切ると、馬車の中に倒れている兄弟の方に視線を移した。そして低い声で言う。

「話は聞いたな。あなたには、僕たちに協力してもらう。それがあなたたちの家族を助ける条件だ」

わたしもパックと同じ方向を見ると、兄弟は黙って話を聞いていた。いつの間に意識を取り戻していたのだろう。

パックは弟を馬車から降ろすと、これからの作戦を話し出した。

作戦といっても、このまま兄のボルトがわたしを相手のところに連れていき、パックがついていくだけである。

「わ、わかった。言われた場所に君たちを連れていくよ。君は今から俺の弟だ」

パックはボルトの弟としてついていくことになった。

ボルトが馬車を動かし、パックはその横でボルトの弟を演じながら、彼が裏切らないか見張る。わたしは先ほどと同じように馬車の中で横になり、犯人のところへ連れていかれるのを待ったのだった。

＊　＊　＊

「パックはどうしてカスリーンのそばにいないのだ。カスリーンが見えなくなったではないか」

ボルトとパックがカスリーンのそばから離れたところで、彼女が映像に映らなくなった。それを責めるように、ユーリが声を上げる。

私――ダリウス・ウェルズリーは、ユーリや騎士たちと一緒に囮（おとり）であるカスリーンを乗せた馬車を追いかけていた。あまり近づくと敵にばれる可能性があるから、かなり距離をあけている。

「パックがカスリーンのそばにいてどうする。ボルトを見張りながら圧力をかけておかないと、いつ裏切られるかわからないじゃないか」

「だが……カスリーンの様子を見るための魔術なのに、これでは役に立たないだろう」

現在、ユーリはパックの目に魔術をかけ、彼の視界を共有している。

パックの見ている映像が、ユーリの目の前に映し出されるのだ。それはとても不思議な光景で、私もはじめて見たときはギョッとしたものだ。

ユーリは自分自身が馬車の小さな箱に隠れるのが無理だとわかったとき、パックの目に魔術をかけ、視界を共有すると言い出した。なんでも、以前カスリーンにプレゼントしたぬいぐるみのクマにも、その魔術をかけていたらしい。

それは、カスリーンがまだ愛妾として城にいた頃の話。ユーリが会うことのできない間、カスリーンが何をしているのか気になって、ぬいぐるみの目を通していつでも彼女を見ることができるようにしたのだという。

「そんなことをしてたのに、彼女が侍女にいじめられていることに気づかなかったのか？」

カスリーンが侍女にいじめられていたことに、私はいまだ怒りを感じている。ユーリはいったい何をしていたんだ。彼にならカスリーンを任せられると思っていたのに……

「そのときは音声を聞き取る魔術をつけてなかったし、さすがに四六時中見ていたわけじゃないからな。それに……」

「それに？」

「クマのぬいぐるみはすぐになくなったんだ。そのときはカスリーンに捨てられたと思っていたんだが、今思えば、侍女たちの仕業だったんだろうな」

ユーリはそれがショックで、以後は何も贈らなかったそうだ。だからカスリーンを盗み見したのはほんの数日だけだと弁解していた。

いろいろと思うところはあるものの、今は役立っているのだから、指摘するのはやめておく。

「それにしても、ぬいぐるみの目と人間の目は違うのに、すごいよ。しかも音声まで聞き取れて、保存もできるなんて。これなら証拠にもなりそうだ。まさかユーリの魔術がこんなに成長しているとは思わなかったよ」

今回のために改良した魔術は、パックとの相性も抜群だった。パックは目がよく、『遠目』の魔術を使えるため、普通の人の目より性能が格段にいいのだ。

「カスリーンの命がかかっているんだ。今度こそ捕まえる」

ユーリはそう言って、拳を強く握った。

犯人探しのために、私は最近公爵家に入り込んだ怪しい人間を野放しにしていた。するとカスリーンを攫おうと動き出し、それを利用することにしたという状況である。

兄弟が脅されていることもわかっていたので、パックが馬車に隠れることにしたのだ。

狙い通り、カスリーンが攫われ、ボルトの馬車に連れ込まれた。もし違う手段でこられたら、囮作戦は中止にする予定だった。

本当は、カスリーンを囮に使ったりなんてしたくない。

しかし、無理をしなければいけない状況に追いこまれていた。

あれからデボラは、自分の判断で実行はしなかったが、犯人からは刃物に塗るようにと毒を渡されていたことも白状したのだ。皇太子の命が狙われているのだから、より早急に犯人を捕まえる必要が出てきた。

そのため、断腸の思いで、カスリーンに攫われてもらうことに決めたのだ。

とはいえ、どんなことがあっても、彼女のことは守る。

私は改めて心に誓うと、ユーリをまっすぐ見る。

「カスリーンだけでなく、君の命もかかっている。ユーリはわかっていないようだけど、君のかわりはいない。無茶な行いは慎んでくれ」

「私のかわりはもういるよ。ダリウスが助かって本当によかったと思っている」

「私ではユーリのかわりにはならないよ」

私は首を横に振るが、ユーリは苦笑を浮かべる。

「ダリウスは髪の色にこだわりすぎだ。確かに一部の貴族は、黒髪というだけで反対するかもしれない。だが、髪の色がなんだと言うんだ。ダリウスには皇族の血が流れている。それに、君ほど優秀な人間はいない。私にもしものことがあったときは、君に任せるよ」

「私は皇帝になるつもりはない。そばで君を手伝いたいだけだ。それが幼い頃からの私の夢だ」

「それは私も同じだ。私が皇帝になるときにそばにいるのは、ダリウスだと思っている。でもダリウスには悪いが、私はカスリーンを助けに行くよ」

ユーリの顔は真剣だ。だが私は、彼を止めなければならない。

「そんなこと、駄目に決まっている。第一、ユーリはカスリーンと別れたんだろう。まだ彼女に未練があるのか？」

ずっと気になっていたことを尋ねる。

「未練はあるよ。でもカスリーンにはきっぱり振られたから、よりを戻したいとは考えていない。今回カスリーンが攫(さら)われたのは私のせいだ。私は彼女に迷惑ばかりかけて苦しめている。償(つぐな)いをしたいだけだ」

確かにユーリがカスリーンを愛妾(あいしょう)にしなければ、彼女は今頃、幸せな結婚をして子供だっていたかもしれない。

けれど彼女の運命は、その以前から私たち皇族と絡み合っている。たとえユーリが愛妾にしていなくても、彼女は私たちと関わっていただろう。カスリーンは私を治すことができる唯一の人だったのだから。

二人で睨み合っていると、側近が声を上げた。

「ボルトの馬車が目的地に着いたようです」

馬車が停まった音すら聞き逃していたようだ。睨み合っている場合ではない。それはユーリにもわかったようで、映像に視線を戻した。

パックは屋敷が私たちに見えるように、ゆっくり全体を見渡している。

「ここはどこの屋敷だ？」

見たこともない屋敷だ。十四年間眠っていた私には、残念ながらまったくわからない。

「おそらくですが、オズバーン侯爵の別邸です」

ユーリの側近が答える。

「馬車の速度を上げてくれ」

距離があいているから、追いつくのに少し時間がかかる。パックが時間を稼いでくれることを信じるしかない。

その間も、映像からは目を離さずに様子を確認する。

カスリーンを乗せた馬車が、屋敷の正面で停まっていた。しかし、屋敷の中からは誰も出てこない。パックはあたりをうかがい、この場所が私たちにわかるように目に映している。

『どうしたんだろう。パックさん、誰も出てきませんがどうします?』

静寂に耐えられなくなったのか、ボルトがパックに声をかけている。

『僕のことは呼び捨てにしないと、弟じゃないのがバレるよ。誰も出てこないのは、尾行されていないか確かめているからだろう。しばらくここで待つことになりそうだね』

やがて映像の中から、扉が開く音がした。

『どうやら尾行はついていないようね。ボルトさん、あなたの働きはとても素晴らしいわ』

屋敷から出てきた女は、騎士のような格好をした三人の男を引き連れていた。

「カテリーナ?」

そう呟(つぶや)いたのはユーリだ。暗くて女の顔はほとんど見えないが、ユーリにはわかったようだ。

「あまりよく見えないが、本当にカテリーナ・オズバーンなのか?」

カテリーナ・オズバーンは魔力量が多いことで有名で、子供の頃からユーリの婚約者候補の筆頭だった。

「間違いない。声と話し方でわかる」

ユーリの声は震えていた。怒りを抑えているのだろう。

私は拳を握りしめて、平静さを保つ。彼女が黒幕ではないかと考えていたが、まさかこんなに早く顔を出すとは思っていなかった。

『あの娘を連れてきてくれてありがとう。もう帰っていいわ』

え？　私は意味がわからず、首を傾げた。

ボルトはまだカスリーンを引き渡していない。それなのに帰っていいとは、どういうことだ？

ボルトは何も言えないようだ。そのかわり、パックがおそるおそるといった様子でカテリーナに尋ねる。

『ど、どういうことですか？　馬車にいる女はどうするのですか？』

『ふふふ、彼女はもういただいたの。だからあなた方に用はない。早く逃げないと帰れなくなってよ』

カテリーナは本当に嬉しそうに、一人高笑いをしている。

どういうことだ？

パックはサッと動いて、馬車の荷台に入っていく。誰も止めようとしない。

馬車の中にはたくさんの荷物があるが、カスリーンの姿はどこにもない。

『どういうことだ？　お姉ちゃんをどこにやった？』

パックはカテリーナに駆け寄ると、彼女を問いつめた。

『あら？　あなた、ボルトの弟じゃないわね。黒髪……まさかダリウス様の遠い親戚の子？　あら困ったわ。どうしようかしら。ボルトたちはこの場で馬車ごと消す予定だったけど、捕らえた方がよさそうね』

カテリーナがサッと手をかざすと、パックは倒れた。眠らされてしまったのだろう。

やはりカテリーナはかなりの魔術の使い手だ。

パックが眠らされた途端、映像は見えなくなる。声の情報も入ってこない。

馬車はかなりのスピードで走っているが、到着にはまだかかる。

「予想外の展開だが、すぐに命の危険はないだろう。今のうちに、着いてからの作戦を考えよう」

なんとか冷静な声が出せたと思うが、頭の中は真っ白だった。

カスリーンが危ない。あの女は危険だ。わざわざボルトの前に姿を現したのは、彼をいたぶるつもりだったとしか考えられない。

そのとき、ユーリが転移魔術を使おうとしていることがわかった。

どこに行くつもりだ？　まさかカスリーンのところに行けるのか？

思わずユーリの手首を掴んでいた。

「止めても行くよ」

そう言われ、私は首を横に振る。

「違う。私も連れていってくれ」

ユーリが目を見張って私を見た。私は思わず目を逸らす。自分の頭の中を覗かれたようで、恥ずかしかったのだ。

「ダリウス、まさか君はカスリーンを……」

「言うな。その話はまた今度だ」

今はそれどころではない。追及されたくなくて遮ると、ユーリは黙って私の腕を解き、改めて自分の方から私の腕を掴んだ。

「目を開けてると酔うかもしれない。目は閉じて」

次の瞬間、転移が完了していた。転移先は、カスリーンがいた馬車の中だった。

馬車の隙間から外をうかがうと、パックが森の方に運ばれていくのが見える。

「まずは、パックを助けよう。ついでに役に立ってもらおうか」

ユーリはそっけない言い方をしたが、その声音は真剣だ。パックを大切に思っているのだろう。

私たちは闇に紛れ、パックを運ぶ男たちの後を追った。


パックたちを運ぶ男たちは、すぐに倒すことができた。

「おい、起きろ」

パックを揺さぶるが、なかなか起きない。魔術で眠らされたから、眠りが深いのだろう。厄介なことに、私の声でボルトという若者の方が先に起きた。

「ダ、ダリウス様！」

「ボルト、君は国を裏切った。公爵家を裏切るとはそういうことだ。家族を人質に取られて仕方なかったとはいえ、自分たちが助かるために他の者を犠牲(ぎせい)にするのは間違っている。わかっていると思うが、君は罪に問われることになる。だが、外の者に助けを求めることができたら、罪が軽くなるよう口添えしてやろう。さあ、行ってこい」

私が馬車までの最短距離を教えると、ボルトは慌てて走っていった。

パックはそうこうしている間に目を覚まして、私たちの会話を聞いていたらしい。同情したような表情で言う。

「ダリウス様も人が悪い。助けは呼ばなくても来るのに、ボルトに行かせるなんて」

「一緒に連れて歩くと邪魔だろう。さあ、カスリーンを助けに行くぞ」

「お二人しかいないようですが、他の騎士はどこにいるのですか？」

パックが不思議そうな顔で尋ねてきた。

「私たちだけ、転移魔術を使って先に来たのだ」

ユーリが胸を張って言う。パックは私に非難の目を向けてきた。

私が何も言わずにいると、ユーリはククッと笑って肩を組んでくる。

「ダリウスは連れていってくれと縋り付いてきたんだ。陛下に叱られるときは一緒だからな」

パックは呆れ顔だ。

「僕は関係ないですからね。二人で叱られてください」

「それならパックは私を止めるのか？　カスリーンがどんな目に遭ってるかわからないのに、このまま帰るのか？」

私が挑発するように言うと、パックは悔しそうな顔で私を見てきた。

「お姉ちゃんを守るのが僕の仕事です。どこに助けに行くのですか？　早く行きましょう」

「どこに助けに行くのか、聞きたいのは私の方だ。カスリーンはどこに捕らえられている？　その目で見つけられないのか？」

私の問いに、パックは脱力した。

「わざわざ僕を助けに来てくださったのは、そういうことですか。お姉ちゃんの居場所を探る(さぐ)ためかぁ……じゃなくて……ですか」

ユーリはなぜか胸を張ってパックに答える。

「その通りだ。それに、私が魔術を使うとこの屋敷ごと壊しかねないから、はじめに助けたというのもある。もし私の魔術のせいでパックに何かあれば、カスリーンに嫌われるに違いないからな」

パックはユーリを残念な人を見る目で見ると、一つ大きく息を吐いて瞼(まぶた)を閉じた。そしてすぐに開ける。『遠目(とおめ)』を使っているようだ。

「いた。三階の角の部屋です。さっきの女の人もいます」

さっきの女の人というのは、カテリーナのことだろう。

声を上げるや否(いな)や、パックは走り出した。私とユーリも彼についていく。屋敷の様子がまったくわからない私たちにとって、パックは頼りになる存在だ。

しかしこのまま部屋へ飛び込めば、カスリーンの身が危ない。何か作戦を考えなければ――

＊＊＊

わたしは馬車の中にいたはずなのに、なぜか一瞬でどこかの部屋にいた。知らない男の人たちに、椅子に座らされている。手首と足首は相変わらず縄で括られていて、動かせない。

しばらくすると、真っ赤なドレスを着た美しい女性が部屋に入ってきた。けれど本来の美しさを損なうくらいに、その表情は醜く歪んでいる。

「あなたは誰？」

わたしが尋ねると、その女性はフッと笑った。見る者に恐怖を与える笑みだ。

「私が誰かも知らないのね。私の名前は、カテリーナ・オズバーンよ。今日限りで会うこともないでしょうけどね」

カテリーナ？　そうだ。ユーリ殿下の元正妃候補だ。この方と結婚すると聞かされて、わたしは城を出た。

わたしに対する侍女たちのいじめがオズバーン侯爵の指示だったことがわかって、彼女は破談になった。まさかその恨みで攫われたの？　彼女はわたしとユーリが別れたことを知らないのかしら。

「カテリーナ様がわたしを攫ったのですか？」

「そうよ。あなたのことが憎かったから攫ったの」

「わたしが憎かった？　わたしはあなたと会ったこともありませんよね。なぜそれほど憎むのですか？」

カテリーナ様には、わたしにはない身分という武器がある。わたしへのいじめが発覚しなければ、彼女が正妃になっていただろう。魔力もとても多いと聞いている。そんな彼女がわたしを憎んでいる？　わけがわからない。

「あなたって不思議な女ね。オズバーン侯爵家があなたをいじめさせていたことも、もう知っているんでしょう？　それなのにどうして怒らないの？　それに怖がってもいない。私はこれからあなたにひどいことをするのに……わかっていないのかしら」

「これ以上罪を重ねない方がいいわ。今なら間に合うわよ」

本心だった。これが黒幕を暴くための罠だと知っているせいで、なんだか彼女が可哀想になってしまったのだ。でもカテリーナ様には通じなかった。それどころか、火に油を注いでしまったらしい。

バチンッと大きな音が響く。その直後に頬に痛みを感じて、彼女に叩かれたことがわかった。

「どうしてあなたに、そんなことを言われなければいけないの？ 私は皇太子殿下の妃になるために生まれてきたの。あなたとは違うのよ。その私に向かってそのような口をきくなんて、許されないことだわ。あなたに死んでほしくて、デボラに殿下を刺させたのに、失敗するし……本当に使えない女だったわ」

彼女の言葉に息を呑む。

デボラ様を罠にはめたのは、カテリーナ様だったのか。でもなぜ、彼女を利用したのだろう？

「どうしてデボラ様を巻き込んだりしたの？ ダリウス様が助かったのだから、カテリーナ様が嘘を言わなければ、彼女は婚約者に戻れる可能性もあったのに」

「ふう。あなたって本当に馬鹿ね。一度破棄された婚約が元に戻ることなんて、よほどのことがない限り、あり得ないのよ。ダリウス様が乗り気なら可能性はあるけど、彼は病が治った後、デボラと再び婚約しようとはしなかった。デボラはそのことがショックだったみたいね。だから私が言った、『今のダリウス様は替え玉で、本当の彼はとっくに死んでいる』という嘘を、あっさりと信じたのよ。人間って、それが真実かどうかよりも、信じたいものを信じるの。だからデボラは、仲の悪かった私の言っていることでも信じて、殿下を刺したのよ」

カテリーナ様はクスクスと笑っている。わたしはデボラ様のことを一途な女性だと思うけれど、カテリーナ様には馬鹿な女にしか見えないようだ。

「カテリーナ様は正妃になりたかったのに、どうしてユーリ殿下を傷つけるようなことをさせたのですか？　そんなことをしたとバレたら、正妃になんて絶対になれないわ」

「さっき言ったことを聞いていなかったの？　一度破談になれば、もう駄目なのよ。ユーリ殿下とは正式に婚約をしたわけではなかったけれど、婚約破棄されたようなものなの。もう二度とチャンスはないの。だから私は目標を変えたのよ。ユーリ殿下が死ねば、いずれはダリウス様が皇帝になる。だからダリウス様の正妃を目指すことにしたの」

予想外の動機に、わたしは度肝（どぎも）を抜かれた。カテリーナ様の話にはいろいろツッコミたいところがあったけれど、これ以上刺激しない方がよさそうだ。

わたしが黙り込んでいると、突然ドアが開いた。姿を現したのはユーリ殿下だ。

「なるほど。カテリーナは私ではなく、皇太子の正妃という地位に惹（ひ）かれていたということか」

彼はカテリーナ様を見据（みす）えて言った。

カテリーナ様は突然のことに、声も出ないようだ。ただただユーリ殿下を見つめている。

彼の後ろにはダリウス様とパックがいた。

「し、仕方ありませんわ。私は、正妃になるためだけに生まれてきたのです。そう言われ続けて、育ったのですから」

『正妃になるためだけに生まれてきた』……父親であるオズバーン侯爵に、ずっとそう言われてきたのか。ある意味、彼女も被害者なのだろう。

しかしそれでも、彼女の罪は消えない。デボラ様は彼女の嘘のために殿下を刺し、処刑されるかもしれないのだから。

「デボラ様は本当にダリウス様のことが好きだったのよ。それを利用するなんてひどい」

「好きだった、ですって？　ダリウス様は普通に成長しただけなのに、デボラは彼を見ずに、私の嘘を信じたのよ。彼女は恋に恋していただけ。一目惚れだなんて騒いで愛妾になったくせに、ユーリ殿下が正妃を決めたからと言って城を出たあなたと一緒よ。私があなたの立場だったらどんなにいいかと、何度も思ったわ」

カテリーナ様の言葉には棘があった。

「カスリーンは君じゃないから、ユーリに愛されたんだ。君は欲がありすぎる」

ダリウス様はカテリーナ様を蔑んだ目で見ている。けれどカテリーナ様はその視線に怯むことなく、彼を睨み返した。

「殿下にダリウス様、ここは侯爵家の屋敷ですわ。許可なく立ち入ったこと、後悔することになりますわよ」

　カテリーナ様は皇族である二人にも屈するつもりはないようだ。

「カスリーンを我が公爵家から攫ったそなたにだけには、言われたくないな」

　ダリウス様が怒った顔で言うけれど、カテリーナ様の顔の方が迫力がある。

「何をおっしゃっているのかわかりませんわ。その娘は、話があったから呼んだだけです。手足を縄で括ってありますが、殿下やダリウス様の気にすることではございません」

「黙れ、カテリーナ。私の目が節穴だと思っているのか？」

　カテリーナ様はユーリ殿下の声にビクッとしたが、頭を下げるでもなく、しきりにドアの方に目を向けている。助けでも待っているのだろうか。それを見たユーリ殿下は鼻で笑った。

「助けは来ないぞ。私たちがすべて片付けたからな。護衛の数が少なすぎて、話にもならん」

　殿下の言葉を聞いて、カテリーナ様が絶望的な表情になる。それでも歯を食いしばって、わたしを睨みつけた。彼女にとってわたしは、どこまでも許せない存在なのだろう。

カテリーナ様には聞きたいことがたくさんあったけれど、殿下やダリウス様に任せることにした。

なにより、わたしが聞いても彼女は正直に話してくれないに違いない。

カテリーナ様にとってわたしは、彼女が欲しいものを手に入れておきながら、そのすべてを投げ出した馬鹿な女なのだから。

「ユーリ殿下、あなたはカスリーンを選んだことをきっと後悔しますよ。彼女には正妃としての覚悟がありません。心が弱すぎます。綺麗事だけでは正妃になれないことは、殿下が一番ご存じでしょう」

カテリーナ様はわたしを睨みながら喚いている。殿下はそんなカテリーナ様を冷めた目で見ていた。

「私はカスリーンの裏表のない性格を気に入っている。確かにそれだけでは正妃には不十分だが、お前に心配される筋合いはないな」

わたしとユーリ殿下は別れたし、そのことはすでに周知の事実だ。でもカテリーナ様は信じていないらしい。

そのとき、ダリウス様の後ろにたくさんの騎士が現れた。ダリウス様はカテリーナ様に近づくと、彼女の手首に素早く枷をつける。

その途端、カテリーナ様はがっくりと膝をついた。彼女は騎士たちに囲まれ、もう逃げることができない。

ダリウス様はわたしの縄を外し、縛られて赤くなった肌を気にしてくれた。

「大丈夫ですから、気になさらないでください」

「カスリーンは肌が白いから痕が目立つな。自分の傷は治せないのか？」

「はい。自分には治癒魔術をかけることができません」

自分の怪我も治せたら便利だけれど、自分に治癒魔術を使ってもまったく発動しないのだ。

「囮に使うようなことをしてすまなかった。それに、助けに来るのも遅くなってしまったな。君のためにも早く黒幕を捕まえた方がいいと判断したんだが……こんな怪我をさせるつもりはなかったんだ」

「ダリウス様、このくらいの痕は怪我とは言えません。みなさんが助けに来てくださったおかげで、無事だったのです。ありがとうございます」

「お姉ちゃん、殿下もダリウス様も作戦を立てなければなんて言いながら、目の前の敵をバッタバッタ倒していったんだよ。しかも騎士が来るまで扉の前で待機することになっていたのに、殿下は勝手に乗り込むし……カテリーナ様が抵抗しなかったからよかったけど、無謀すぎるよ」

パックがプリプリ怒っている。

「それはカスリーンが危険だったから……」

「危険じゃなかったですよね？　部屋の中に武装している人はいなかったじゃないですか」

「いや、パックにはわからなかっただろうが、カテリーナの魔力は危険だった。彼女の魔力はカスリーンと同じくらいある。とてつもなく危険だと判断した」

パックは驚いたように殿下を見た。

「本当ですか？」

「私が彼女の魔力を抑えていなければ、どうなったかわからないくらいには危険だった。ダリウスが魔力を封じる手枷(てかせ)を……」

そこでゴトンッと大きな音が響き、ユーリ殿下の声を遮(さえぎ)った。

「どうして私がこんな目に遭(あ)うの。悪いのは、身分もわきまえずに殿下に色目を使ったカスリーンでしょ。あなただけは許せない！　思い知るがいいわ！」

カテリーナ様の方を見ると、彼女に嵌(は)めたはずの手枷(てかせ)が床に転がっている。

まさか、彼女の魔力で手枷(てかせ)が壊れた？

そう思った瞬間、カテリーナ様はわたしに手のひらを向けてきた。

わたしに向けて魔術を使おうとしている。そうわかったけれど、とっさのことで動くこともできず、わたしはただ強く目を瞑(つぶ)った。

バァーーーーン！

「カスリーン！」

大きな音とダリウス様の声が響く。しかし、わたしは衝撃を感じなかった。

そっと目を開けると、わたしの目の前でダリウス様が倒れていた。彼の回りに大量の血が流れている。

――ダリウス様は、わたしを庇(かば)ってくれたのだ。

「ダリウス様！」

わたしは悲鳴を上げたが、ショックで身体が動かない。心臓の音がうるさいほど大きくなり、頭の奥でガンガンと響く。全身が凍ってしまったかのように冷たい。

「お姉ちゃん、しっかりして！」

その声と共に頬に痛みが走り、我に返った。パックがわたしの前にいる。パックに叩かれたのだと気づくと同時に、大声で叫ばれた。

「お姉ちゃん、ダリウス様を助けて！　あんなのお姉ちゃんでなければ助けられないよ」

ハッとして、ダリウス様の方を見る。

ユーリ殿下はカテリーナ様を押さえ込むのに必死らしい。

わたしは急いでダリウス様の横に跪き、深呼吸をする。

動揺していては、助けられるものも助けられない。そう、ダリウス様を助けなくては……

ダリウス様の身体に両手をかざした。

「お願い、上手くいって。ダリウス様を助けたいの」

治癒魔術を発動させた瞬間、緑の光が彼を包み込む。

出血量が多すぎる。血も足さなければ……

わたしはカテリーナ様の魔力は感じていたけれど、ここまで危険だとは気づかなかった。

きちんと魔術について学んでいれば、ダリウス様をこんな目に遭わせずに済んだのに。

力を注ぎ続けると、ダリウス様の傷口が塞がり、顔色が戻ってくる。

緑の光がすうっと消えると、すぐにダリウス様の目がうっすら開いた。唇が動く。

「……ん……カスリーン……？」

「ダリウス様……！」

わたしが叫ぶと、周囲からも歓声が上がる。

冷え切っていた心が、ほっとぬくもりを取り戻す。

よかった、助けることができた。

そう思った瞬間、身体がふらりと傾ぐ。瞼が落ちて視界が真っ暗になり――わたしは、魔力切れで意識を失ってしまった。


目が覚めるとそこは、帝都にあるウェルズリー公爵家の屋敷だった。

意識を手放した後、ダリウス様はすぐさま、カテリーナ様を連れて城に向かったそうだ。

わたしは魔力切れで倒れたけれど、体力と魔力を回復させる薬で治療してもらい、大事には至らなかった。

カテリーナ様の魔力は強すぎて、用意されていた魔力を封じる手枷では抑えられなかったらしい。そのことに気づいたダリウス様は、カテリーナ様がわたしへと向けて放った魔術を自分の身体で受け止めた。とっさに防御魔術を使ったが間に合わなかったのだそうだ。

わたしを庇ったせいで、ダリウス様は死んでしまうところだった。助けられて本当によかった。

「ゆっくり休みなさいと言われたけど、目が冴えて眠れそうにないわ」

「僕もだよ。それに、本当に安全なのか気になるし」

パックはまだ安心できないと思っているようだ。

今日の首謀者はカテリーナ様の父であるクラケット・オズバーン侯爵と考えられるが、証拠がないので捕縛は不可能だった。カテリーナ様は父親のことは一切話していないらしい。そのため公爵家には現在、厳重に騎士が配置されている。

わたしが攫われたのは、犯人をあぶり出すためにわざと警備を緩めていたからであって、本来ならアリの子一匹通れないほどだと、パックは言う。

「アリの子一匹通さない警備なら大丈夫だから、パックは休むといいよ。ずっと魔術を使ってたから疲れたでしょ」

「魔術を使ってたと言っても、ほとんど殿下の魔力だったから、それほど消費してないんだ。ただ殿下に付き合うのが疲れたよ。今回はダリウス様まで殿下の無茶に付き合うし、どうしようかと思ったよ」

確かに慎重なダリウス様とは思えない行動だった。

でもダリウス様が助けに来ているのが見えたとき、心底ホッとした。ああ、これでもう大丈夫なんだって安心した。

それがダリウス様にとっては仕事だったとしても、わたしは嬉しかったのだ。——いつの間にか、ダリウス様はわたしの特別な人になっていた。

「わたしはもうずっと故郷で暮らすつもりだったの。帝都にいると、みんなに迷惑をかけるような気がしていたから。でも今回のことで、いつまでも逃げていたらいけないって気づかされたわ。これからは帝都で暮らそうと思う」

城を出てからいろいろな経験をしたことで、わたしはずっと考えてきた。これからわたしは、みんなの怪我や病気を魔術で助けて生きていきたい。そのためにはまだまだ勉強することがある。

魔力に限りがあるように、すべての人を助けることはできない。

人を助けるには、自分も健康でなければならない。それをわたしは、身をもって知っている。

だからわたしは帝都で、ジュート先生のもと医術について学びたいと考えていた。けれどユーリの愛妾(あいしょう)だったこともあって、帝都で生きることに二の足を踏んでいた。

愛妾(あいしょう)だったことを知っている誰かに、何かを言われるのではないかと逃げていた。

「僕だって、ダリウス様の隣に立つのは畏(おそ)れ多いことだって思ってる。でもダリウス様に望まれたことだし、みんなに支えてもらっているから、努力してるんだ。学院にも通うし、僕は逃げないよ。だからお姉ちゃん……いや、カスリーン様にも逃げてほしくない」

パックの言葉にわたしは頷く。すると彼はフッと笑った。

「僕はもう寝るよ。カスリーン様ももう寝た方がいいと思う。明日は事情聴取があるだろうから、休んでおかないと身体がもたないよ」

「眠れそうにないけど、横になった方がよさそうね」

パックに言われて、ベッドに横になった。すると、あれほど目が冴えていたのが嘘のように、眠りに引き込まれていった。


事件後にダリウス様に会えたのは、数日経ってからのことだった。ユーリ殿下と一緒に、わたしの部屋を訪れてくれたのだ。

わたしとパックの事情聴取は行われなかった。パックの目を通して撮られた映像が解決の決め手になったと、ダリウス様は言った。

目を通した映像？　それって何？

パックもユーリもダリウス様も納得顔だけれど、わたしにはさっぱりだ。でもわたしが尋ねても、三人とも目を逸らして詳しくは教えてくれなかった。

「カテリーナ様からは、何か聞けたのですか？」

パックが尋ねると、ダリウス様は首を振った。カテリーナ様は黙秘を貫いているそうだ。けれど、あの屋敷にいた使用人や騎士はすべてオズバーン侯爵が雇用している者たちなので、クラケット・オズバーン侯爵も今回ばかりは罪を逃れることはできないと、ダリウス様が断言する。

事件の話が落ち着いたのを見計らって、わたしは馬車の中で見た夢の話をダリウス様に尋ねた。

わたしはあのときの記憶がぼやけている。確かに魔女は何か言っていたのに、思い出せないのだ。

ダリウス様はわたしから話を聞くと、目を見開いた。

「忘れていた。そうだ、確かに魔女と話をした。君が思い出すことが鍵だったみたいだ」

「どういうことですか？」

「魔女と会話ができたのは私だけで、カスリーンには魔女の声は聞こえなかったんだ。魔女は私を見て笑った。自分が死ぬ前にかけた皇族への呪いが、何百年も先まで続いていることが嬉しいと言った。そしてカスリーンのことを、その呪いを命がけで解く存在だと言っていた。私は驚いたよ。そして、君が私の呪いを解いてくれると聞いて、喜んだ。ああ、これで眠りから解放されるって喜んだんだ。でもそれを見ていた魔女は、今の彼女では二人とも助からないだろうって言ったんだ……」

＊　＊　＊

『どうして今の彼女では駄目なんですか？　試すくらいはいいでしょう？』

カスリーンが私の病を治せると聞いて、飛び上がるほど嬉しかった。だが魔女は、今のカスリーンには無理だと笑う。とても嫌な笑いだった。

『本当にこの国の皇族は自分のことばかりだ。何百年経っても、君たちは変わりそうにないな』

二人の会話が聞こえないカスリーンは、珍しそうに牢屋の中を眺めていた。

『私たち皇族を馬鹿にするのですか？　不敬ですよ』

『明日には処刑されるのに、不敬も何もないさ。私はただ殺されるつもりはない。君たち皇族に呪いをかけた。本当にかかるか心配だったけど、君を見てかかっていたことが証明されたよ。これで安心して死ねる』

『呪いだって！　それではこれは、病ではないのか。……君は魔女だな。まさかここは、昔の皇宮の牢屋なのか？』

呪いは魔女にしか使えないと習ったことがある。

『その通りだ。君は幼いから知らないだろうが、私たちは皇族に殺される。何もしていないのにな』

『いや、聞いたことがある。三代目の皇帝が、呪いを恐れて魔女狩りをしたって。でも数年だけだったって話だ』

『そうか、数年で終わるのか。それでは君の代まで呪うなんて、悪いことをしたかな。だが、たくさんの魔女が殺された。私の親も姉妹も親友も』

その言葉に、三代目の皇帝がしたことの重みを知る。私は深く頭を下げた。

『魔女狩りについては、私からも謝る。あれは皇族にとっても負の歴史だ。だから呪うのはやめてほしい』

『それはできない。もう呪いはかけたし、君は未来の人間だろう。過去は変えられないよ。たとえ魔女でもね』

『そうか。ではそのかわりに教えてほしい。なぜこの呪いは、かかる者とかからない者がいる？』

『魔女狩りを行える皇位継承権を持つ男児だけにかかるようにしたんだ。それと、わたしより魔力の多い人間はかからないのさ。今の皇帝は自分の魔力が少ないから、私たちを目の敵にしているんだ。アイツだけは許さないよ。ああ、そうだ、一応治す者も現れるようにしている。これは魔女の掟だから、仕方がないね。呪いを生むときには、解呪の手段も同時に作らねばならないのさ。その娘はそれの一人ということだな』

『過去を変えることができないのなら、呪いを解く方法を教えてほしい。もう解放してくれないか』

魔女は少し考えた後に笑った。

『そうだねえ、お前たちは随分先の子孫のようだし、さすがに許してやろうか』

『ほ、本当か？』

ダメで元々と思って頼んだので、魔女の言葉に驚く。

『ここまで来られたお前たちに、褒美くらいあってもよさそうだしね。だがこれは賭けだよ。君の呪いを彼女が解いて、彼女が生きていた場合、約一年後に彼女が今日のことを思い出す。そして彼女が君に尋ねたときに、君も私との会話を思い出す。それでいいかい？』

魔女の問いかけに、私は頷いた。

『構わない。それで呪いを解く方法は？』

『私の子孫に聞いとくれ。君たちじゃあ解けないいさ』

『あなたの子孫だって？　処刑されたんじゃないのか？』

『娘はまだ生きている。まあ、これから捕まるかもしれないがね。会えなければ、呪いを解く方法はわからない。だから賭けなのさ。せいぜい未来で私の子孫と会えることを祈っててやるよ』

＊　＊　＊

「魔女がそう言った途端に、私とカスリーンは元の場所に飛ばされて、そのことを忘れてしまった」

ダリウス様から魔女との会話を聞いたわたしたちは、話が終わったときに深い息をついた。

「ほとんど負けそうな賭けじゃないですか」

パックの表情は悔しそうに歪んでいる。

「パックの言う通りだ。彼女の子孫と会える確率は、ないに等しい。魔女狩りから逃げのびた魔女は少ないと聞く」

魔女は賭けに負ける気はなかったのだろう。家族や親友が殺されて、自分も明日死ぬというときだったのだから、無理もない。

「それに、カスリーンが私を治して無事でいることは、実は非常に難しかった。魔女は幼い彼女には無理だと言っていたし、あのときの私はもう呪いで倒れていたのだ。【時止め】の魔術があったから、カスリーンが大人になるまで待つことができて治してもらえたが、普通なら死んでいたはずだ。魔女は本気で呪いを解く気はなかったんだろう」

ダリウス様は、魔女との会話でどうにか方法を聞き出せればよかったのにと後悔しているが、それは仕方がない。あのときのわたしたちは子供で、何も知らなかったのだから。

「それでどうする？　魔女の子孫を捜すのか？」

ユーリ殿下がダリウス様に尋ねた。ダリウス様は神妙な顔で頷く。

「捜してみよう。あの魔女の話では、呪いを解く方法を知るにはそれしかないからな。せめて名前だけでも聞いておけばよかった」

その言葉にわたしはハッと目を見開いた。

「それなら覚えているわ！　あの魔女とダリウス様の会話は聞こえなかったけど、他の人の声は聞こえたんです。彼女は、マチルダと呼ばれていました」

わたしが言うと、ダリウス様はとても喜んだ。マチルダの子孫が生きていて、無事に捜し出せたら、わたしたちは賭けに勝つことができる。

それで本当に呪いが解けるかはまだわからない。それでも何もできなかった頃とは違う。誰かを犠牲(ぎせい)にしなくてもいいように、子孫のためにわたしたちは動くのだ。

少しだけ、未来に光が差したような気がする。

終章

わたしは体調が落ち着いたのを見計らって、帝都にある父様の屋敷に移った。

ダリウス様は、『魔術を習うのならこのまま公爵家に滞在した方がいいのでは』と言ってくださったけれど、そこまで甘えられないので丁重にお断りした。

その後、わたしの魔力を測定したところ、ジュート先生が言った通り、殿下と同じくらいの魔力があることが判明。とても危険な存在だと認定されてしまった。

本来ならヴィライジ学院に通って、制御する方法を学ばなくてはいけないレベルだったため、父様は相当叱られたようだ。

これほどの魔力を持っているのに制御する方法を知らないのでは危険すぎると、すぐに魔術の先生を紹介された。その先生はダリウス様とパックにも教えているので、一緒に習っている。

ダリウス様も、眠っていた十四年分を取り戻している最中なのだ。

先生の名前はマルク・ガーネット。マルク先生はかなりのおじいさんで、年齢的にいろいろと心配なときもあるけれど、魔術の腕はピカイチだった。どれだけわたしが魔術を失敗しても、ウェルズリー公爵家の庭や屋敷が無傷で済んでいるのは、先生の腕がいいからだ。

帝都に越してきて早半年。わたしは今日も、魔力を暴走させてしまった。

「先生、本当に制御できるようになるんでしょうか？」

もう何度目になるかわからない失敗に、わたしはうな垂れる。けれどマルク先生は、そんなわたしを見て笑った。

「ホッホッホッホッホ、カスリーンはとても筋(すじ)がいいぞ。ユーリ殿下は小さい頃から教えているのに、いまだに暴走させとるからのう」

優しい先生の励ましに、わたしは次こそ失敗しないようにと気持ちを切り替えるのだった。

ダリウス様たちとこうして一緒に学べることが、嬉しくてならない。

学院に通うことはできなかったけれど、同じ先生にこうして学ぶことができる。

そういえばダリウス様もわたしと一緒で、学院には通っていない。でも彼は十歳のときには家庭教師にすべてを習い終えていたって話だから、困ることはないのかな。

「ダリウス様は忙しくないのですか？　もう魔術を学ぶ必要なんてないのでしょう？」

わたしと違って魔術を成功させたダリウス様に問いかけた。

「いや、実技はまだまだなんだ。こればっかりは本では学べないからね。それにこうしてカスリーンと肩を並べて学べるのは嬉しいよ。夢の中で君が学院に行けないんだって泣いたときのことを、私は覚えているよ。実はあのとき、私も学院に行けないことが悲しかったから、一緒に泣きたかったんだ。ここは学院とは違うが、カスリーンと一緒に学べて楽しいよ」

ダリウス様の言葉は、わたしの言いたいことと同じだった。

「わ、わたしも、ダリウス様と一緒で嬉しいです」

わたしは頬が熱くなるのを感じた。ちょっと赤くなっているかもしれない。

「ゴホンッ、まだ授業中ですぞ、ダリウス様。カスリーンを口説(くど)くのは授業が終わってからでお願いしますぞ」

マルク先生が注意すると、パックもブツブツと文句を言う。

「そうだよ。二人だけで教わっているんじゃないんだよ。僕もいるの、忘れてない？」

わたしとダリウス様は赤くなりながら、パックの頭を撫(な)でた。

自分の気持ちを自覚した直後は、ダリウス様と一緒に過ごすのが怖かった。身分違いの恋は、一回で十分だって思っていたから。

でも落ち着いて考えたとき、一生そばで彼を見守りたいと心から思ったのだ。

それからも、わたしなんかがそばにいてもいいのかと、悩んだりもした。ダリウス様のためには離れた方がいいのかもと思ったこともある。

でも、今では違う。今のわたしには迷いはない。それはわたし自身が変わったのか、わたしを取り巻く環境が変わったからなのか、よくわからない。

最近では、ダリウス様とは変装して帝都の街を散策したり、ピクニックに出かけたりするようになっている。父様ははじめは苦い顔をしていたけれど、最近では、わたしを迎えに来てくれるダリウス様とにこやかに話をするようになった。


授業が終わり、マルク先生が帰ると、公爵家の中庭にお茶が用意されていた。パックはいつの間にかいなくなっている。最近は気を利かせてくれるようになった。

それはそれでわたしは恥ずかしい。ダリウス様は気にしていないみたいだけど。

「明日からジュート先生のところで、治癒魔術の治療をするんだってね」

「はい。助手として雇ってもらいました。治癒魔術を使う治療を任せてもらえるのですが、軽い怪我や病気には魔術を使わない方が免疫がつくそうなんです。そういうことを教えてもらうのも、すごく楽しみなんですよ」

ジュート先生は医術師として立派な先生だが、治癒魔術は使えない。その部分でお手伝いできたらいいなと思っている。

明日からそれができるようになったのは、父様の許可が出たから。

やっと、すべてのことに決着がついたのだ。

明らかにカテリーナ様に騙されていたデボラ様は、極刑を免れ、修道院で一生を過ごすことになった。そこで神に祈りを捧げて生きていくそうだ。

カテリーナ様は結局、すべてを白状したそうだ。それによって国家反逆罪が適用され、オズバーン侯爵家は取り潰しになった。そしてクラケット・オズバーンの直系と関係者は、すべて処刑された。

それらの説明を終え、ダリウス様はわたしに真剣な顔で言った。

「もう大丈夫だとは思うが、何が起こるかわからない。もしものときは、遠慮なく魔術を使うんだぞ。たとえ相手に怪我をさせたとしても、カスリーンは治せるんだ。躊躇なく使うといい」

ダリウス様の様子を見る限り、冗談を言っているわけではなさそうだ。

そんなことはできないが、彼が心配してくれていることを察し、わたしは素直に頷いた。

それを見て、ダリウス様は安心したようにホッと息を吐く。

「カスリーン、明後日の夜会だが、一緒に出てもらえないだろうか？」

「や、夜会ですか？」

明後日の夜会は、ユーリ殿下が開く皇家主催のものだ。

ユーリ殿下は隣国へ、とある魔女に会いに行くことになった。その魔女がマチルダの子孫なのかどうかはまだわかっていないが、関係者だという噂があるらしい。真偽は定かではないものの、やっと手がかりが掴めたのだ。

はじめはダリウス様が行くと言っていたけれど、ユーリ殿下が自分に行かせてくれと頼んだらしい。皇太子として、自分が行かなければならないと。

ダリウス様は、せめて一緒に行こうとしたが、これは陛下から止められた。マチルダの子孫だとすれば何をされるかわからないため、二人で行くことは許されないらしい。怖い話だが、二人同時に何かあると困るからだそうだ。皇位継承権を持っている者は、自由には動けない。

ユーリ殿下の壮行会を兼ねた大事な夜会に、ダリウス様から誘われた。

彼と一緒に出席することの意味は、さすがにわかる。

「できたら私にエスコートさせてほしい。男爵は、君の返事に任せるそうだ」

父様に反対されたら出席できない。でもその父様が、わたしに任せると言ってくれたのだ。父の思いを感じ、胸が熱くなる。

正直、まだ怖い。ダリウス様と一緒に夜会に出席すれば、いろんな人にいろんな噂をされるだろう。

それでもわたしは、もう逃げたくない。

ユーリの愛妾（あいしょう）だった頃のわたしは、逃げることしか考えていなかった。でも、わたしは変わったのだ。

「わたしでよければ、ご一緒させてください」

わたしの返事に、ダリウス様は嬉しそうに笑う。そして突然上を向いて、親指を立てた。

わたしもつられるように上を向く。

そこには嬉しそうに手を叩いて喜んでいるパックと、公爵夫人がいた。二人とも親子みたいに仲がいい。

これからは、一人ではない。つまずくことがあっても、相談できる人がたくさんいる。

ダリウス様といる限り、今後も平穏な暮らしとは無縁だろう。それでも、家族やダリウス様、親友たちがいれば、どんな試練も乗り越えられる。

わたしはまだ、人生の半分も生きていない。失敗しても、いくらでもやり直すことが

できる。

わたしはダリウス様と微笑み合い、パックと公爵夫人に向けて手を振った。ありがとうの気持ちを込めて……

書き下ろし番外編

公爵家の嫁は診療所で働く

いる。
公爵家の嫁になって一年。わたしは今でもジュート先生の診療所の手伝いを続けている。

が、公爵家の嫁は忙しい。お茶会とかお茶会とかお茶会で……

そういうわけで、いつまで診療所で働くことができるかはわからない。ダリウスが公爵家の当主になればわたしもさらに忙しくなるだろう。診療所で働くことについてはダリウスと何度も話をした。一度は結婚を辞退しようとしたほどだ。

「君に助けてもらったのは私も一緒だ。それなのに他の人を助けては駄目なんて言えるわけがないだろう。心配しなくてもいい。君のことは私が守るよ」

ダリウスはいつだってわたしの味方をしてくれる。それだけに彼に迷惑をかけていないか心配だ。

「カスリーン様、そろそろお迎えの馬車が来られます」

バニーの声で我に返る。ちなみに今は患者を治療していたわけではない。患者が途切れたので、診療所にある薬草辞典を読んでいたのだ。思いのほか面白くて時間も忘れて。

「まあ、もうそんな時間なの？」

まだまだ読みたいのだけれど仕方がない。公爵家の方々に心配をかけるわけにはいかない。

「はい。そろそろ用意しませんとダリウス様から出入り禁止にされますよ」

「まあ、バニーったら。ダリウスは暴君ではなくてよ」

「そうでしょうか。カスリーン様のことになると、他に目が行かないところがおありのようですから」

バニーが言うように、ダリウスは少しばかり過保護かもしれない。

「ごめんなさいバニー。あなたには迷惑をかけるわね」

「いえ、迷惑などではありません。カスリーン様の治癒魔術のおかげで、この街の人たちは本当に助かっております。ダリウス様のお小言など、大したことではありませんわ」

やっぱりダリウスは、バニーに嫌味を言っているようね。困ったものだわ。

「そう？　でも困ったことがあったら遠慮しないで話してね。わたしからダリウスに注意するから」

「そ、それだけはおやめください」

「あら、どうして？」

「いえ、なんというか、その方が面倒くさいことになってしまうからでしょうか？」

「まあ、バニーったらおかしなことを言うわね、ふふふ」

　ダリウスは過保護なところがある旦那だけれど、話せばわかってくれる人だ。わたしがこの診療所で働きたいと言ったときもはじめは反対されたけれど、最後にはわかってくれたもの。まあ、自分も一緒に働くと言ってみんなを困らせたりはしたけど、今は公爵家を継ぐために義父にいろいろなことを学んでいるようだ。いつかは皇太子の隣に立てるようになりたいと言っていた。ダリウスならきっと大丈夫。


　バニーと揃って部屋を出たところで診察室が騒がしいことに気づき、そちらを覗くと血の匂いがした。冒険者らしき人が入口に立っているので、中の様子を見ることはできない。

「カスリーン様、まだいらしたのですね。助かりました。この患者を診てもらえますか」

ジュート先生はわたしに気づくと目を輝かせた。どうやらもう帰ったものと思っていたようだ。患者の傷は深いようで、血が止まらないのか床にたくさん血が流れている。

「ジュート先生の止血でも間に合わないのですか？」

「はい。どうも大きい血管が切れているようです」

「それは大変です。すぐに治癒魔術を使いましょう」

大きな血管が傷つけられると命の危険があるとジュート先生から学んでいたわたしは、治癒魔術を使うために患者に近づいた。

わたしが傷ついている男の腹に手をかざすと、その手を掴む者がいた。

「ま、待ってくれ。ま、ま、魔術はいらない」

患者自ら拒んでくるとは思わなかった。息も絶え絶えなのに、わたしを掴んでいる手の力は強い。

「え？　ですが魔術を使わなければ死んでしまいますよ」

「い、いや。も、もういいんだ。俺は死を選ぶから……魔術は使わないでくれ」

「まあ、何を言うの？」

この格好からして彼は冒険者に違いない。自殺志願者とは思えないけど。

「ナイジェル、やめてちょうだい。駄目よ」

男の関係者なのか、冒険者っぽい格好をした女が男に縋り付く。

「お、俺はお前たちを奴隷にしたくない。そのくらいならばこの命などいらん」

「そんなこと気にしないで。みんなで働けば一年くらいで借金は返せるわよ」

「ど、奴隷？」

この国に奴隷制度はないはずなんだけど、間違っているのかしら。

「カスリーン様、奴隷といっても借金奴隷のことです。人権を無視したような奴隷のことではありません」

「借金奴隷は、奴隷ではないの？」

「便宜上、借金奴隷と言ってるだけですよ。借金を肩代わりしてくれた人のために働くだけで、過酷な労働は禁止されています。それに彼は奴隷になることはありませんから安心してください」

ジュート先生が言うには治癒魔術は本来、大層お金がかかるので、この男のように死にかけた怪我の場合、借金をしなければならない人もいるらしい。それでは治癒魔術で助かっても喜ぶことができないわね。

「これだけの怪我だ。金貨がいくらいるか。僕たちはまだ駆け出しの冒険者だから借金奴隷になるしかない。払う当てなどないぞ」

ナイジェルという男に縋(すが)り付いている女性の後ろにいた、男の冒険者が泣きそうな声になっている。駆け出しかぁ。そういえば三人とも若いわね。

「治療費は金貨一枚です」

わたしは胸を張って宣言する。この額なら大丈夫だってジュート先生が言ってたからね。

「……は？　金貨一枚？」

「金貨一枚？」

「え？」

三人とも目が丸くなっている。

あれ？　もしかしてまだ高かった？　一応瀕死(ひんし)の場合は金貨一枚ってことにしていたけど、若い三人には高いのかもしれないわ。これでも十分破格な値段のはずなんだけど。困ったわ。わたしは無料でもいいんだけど、ジュート先生に無料は駄目だって言われているのよね。人は楽できる方に流れていくものだからって。どうしたものかしら。あっ、そうだったわ。

「ぶ、分割でもいいのよ」

そうそう払えない人には分割でって話だったわ。思い出せてよかった。

「い、いえ。金貨一枚なら払えます。彼を助けてくれますか？」

どうやら払えるみたい。高いのではなくて、治癒魔術の額としては考えられないくらい安いから驚いてたのね。

「もちろんです」

よかった。これで断られたらどうしようかと思ったわ。

手をかざして魔術を使う。以前よりずっと上手に使えるようになっている。

淡い緑の光が男を包む。あら？　どうやらお腹の傷だけではなかったのね。本当に瀕死の状態だったみたい。危なかったわ。あれ以上お喋りしていたら助からなかったかもしれない。

生きていても、必ず助けることができるわけではない。寿命だったり、魂が弱りすぎていると、どれだけ魔術を使おうとしても発動せず、緑の光は現れないのだ。

ここに勤め出して一月くらいのとき、そういう人がいた。どれだけ助けたいと思っても緑の光は現れなかった。

「どうして助けてくれなかったのか」って責められると思った。でも誰からも責められなかった。治癒魔術が万全ではないことを、ジュート先生がきちんと説明してくれていたからだ。それでも奇跡を願って試してほしいと縋ってくるのだそうだ。

瀕死だった男は、傷跡一つない自分の腹を触っている。

「信じられねぇ。腹も塞がってるし、折れたはずの足も動く、聖女様だ！　ありがとう、聖女様」

男は感動して、変なことを言い出した。聖女だなんてとんでもない。

「いいえ、聖女ではありませんよ。治癒魔術を使って怪我を治療しただけですからね。失った血液は戻せませんから血液を多くつくるものを食べて、三日くらいは安静に過ごしてくださいって、聞いてますか？」

三人の冒険者は助かったことに感激して、肩を叩きあって喜んでいてわたしの話など聞いてはいない。血液をつくって与えることもできたけれど、そこはこの男の自己治癒力に任せたい。

「カスリーン様、馬車が待っています。急がれた方が……」

バニーの声で我に返る。治療で随分時間を使ってしまったわ。怪我の治療をしていたので叱られることはないけれど、帰りが遅くなれば心配するだろう。

「カスリーン様、ありがとうございました。後のことはお任せください」

無鉄砲な患者が気になるけれど、ジュート先生がついていれば心配ないわね。

「次に来られるのは四日後になります。それまでにお手伝いが必要なときは、遠慮なく連絡してくださいね」

「はい。そのときはお願いいたします」

ジュート先生の返事に安心して診療所を出ると、護衛の男が立っていた。いつもは陰から守っており、診療所の前で待つことなどないので驚く。

「ダリウス様が馬車で待っておられます。いつもより時間が遅いので心配されています」

「あら、ダリウスが迎えに来てくれたの？　お仕事は終わったのかしら」

「はい。今日はいつもより早く終えられたようです」

ダリウスは馬車の前で待っていた。わたしの格好は診療所で働くのにふさわしい服だけど、ダリウスはいかにも貴族って服装だから、診療所まで迎えに来るのは遠慮したようだ。患者がびっくりしてしまうものね。

「カスリーン、心配したよ」

わたしをきゅっと一瞬だけ抱きしめた後、そっと離して見つめてくる。彼は目を合わせて話すのが好きだ。彼の端整な顔で見つめられると、それだけでドキドキする。いつまでたっても慣れないわ。

「ダリウスってば、少し遅くなったくらいで大げさよ」

「ん？　血の匂いがするね。どこか怪我をしてるんじゃないだろうね」

血に触ったわけでもないのにわかるなんてダリウスの鼻は犬並みだわ。

「わたしの怪我ではないわ。帰る間際に瀕死（ひんし）の患者の治療をしたの。その患者も今ではぴんぴんしているから安心して」

「安心などできるものか。その患者もきっと君に惚（ほ）れるだろう。君に治療してもらった者は君を好きになるから、私はいつだって安心などできない」

「まあ、ダリウスったら。治療したくらいで惚（ほ）れたりする人はいないわ。そんなだから過保護だって言われるのよ」

「過保護ねぇ。私は君を自由にしている方だと思うよ。本来なら屋敷に閉じ込めておきたいくらいなんだよ。けれど君が皆を助けたいという気持ちもわかるから……」

「はい、はい。わかってるわ。それより今日は何かあったの？　早く仕事が終わってもいつもは屋敷で待っているでしょ？」

「まったく君は私の気持ちを全然わかっていないだろう。いつだって私は君を迎えに来たいんだよ。まあ、いいさ。今日はパックのことで話があってね。早めに知らせたくてね」

「まあ、パックのことで。ねえ、早く聞かせて」

パックに何かあったのかしら。彼はいまヴィライジ学院に通っている。わたしとダリーが通えなかった学院で、わたしたちの分も楽しむのだと言っていた。

「外で話すこともないだろう。馬車の中で話そう」

そうだったわ。それでなくてもいつもより遅いのだ。屋敷で待っている人たちもいるのだから急ぎましょう。

「そうね。馬車に乗ったら聞かせてよ」

わたしはダリウスの手を借りて馬車に乗る。

「君はパックのことになると私のことより気にかけて、焼けてしまうよ」

ダリウスが何か言ってるようだけど、よく聞こえない。

「ダリウスも早く馬車に乗って。パックのことを早く聞かせて」

「はい、はい。今、乗るよ」

新感覚ファンタジー
RB レジーナ文庫

史上最強の恋人誕生!?

運命の番は獣人のようです

山梨ネコ　イラスト：漣 ミサ

定価：704円（10%税込）

二人の少女に自分のマフラーを譲ったルカ。すると、お礼と称して、なんと異世界に飛ばされてしまった！　少女たち曰く、そこで初めて出会った人が、ルカの「運命の番」だそうだ。ところが、彼女がその世界で最初に目にしたのは、金色の巻き角が生えた男性――つまり獣人だった！

本書は、2017年9月当社より単行本として刊行されたものに書き下ろしを加えて文庫化したものです。


この作品に対する皆様のご意見・ご感想をお待ちしております。

おハガキ・お手紙は以下の宛先にお送りください。

【宛先】

〒150-6008 東京都渋谷区恵比寿4-20-3 恵比寿ガーデンプレイスタワー 8F
（株）アルファポリス　書籍感想係

メールフォームでのご意見・ご感想は右のQRコードから、
あるいは以下のワードで検索をかけてください。

ご感想はこちらから

アルファポリス　書籍の感想

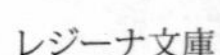

レジーナ文庫

皇太子の愛妾は城を出る

小鳥遊 郁

2021年10月20日初版発行

文庫編集ー斧木悠子・森順子
編集長ー倉持真理
発行者ー梶本雄介
発行所ー株式会社アルファポリス
〒150-6008 東京都渋谷区恵比寿4-20-3 恵比寿ガーデンプレイスタワー8階
TEL 03-6277-1601（営業）　03-6277-1602（編集）
URL https://www.alphapolis.co.jp/
発売元ー株式会社星雲社（共同出版社・流通責任出版社）
〒112-0005 東京都文京区水道1-3-30
TEL 03-3868-3275
装丁・本文イラストー仁藤あかね
装丁デザインーansyyqdesign
印刷ー中央精版印刷株式会社

価格はカバーに表示されてあります。

落丁乱丁の場合はアルファポリスまでご連絡ください。

送料は小社負担でお取り替えします。


ISBN978-4-434-29489-1 C0193